KB206913

길_위의
삼보일배

길＿위의
삼보일배

．
．

(사) 세상과함께

엮음

푸른역사

사람·생명·평화를 소중히 여기는
당신께 이 책을 드립니다.

2003년, 평화와 생명의 존엄성을 간구하며 천주교, 불교, 원불교, 기독교 성직자들이 새만금 해창갯벌에서 서울 광화문까지 65일간 322킬로미터를 삼보일배로 걸었습니다. 이는 단순한 행진이 아니라, 개발 지상주의에 빠진 세상을 탓하기에 앞서 자신의 내면부터 성찰하고자 하는 취지에서 비롯되었습니다.

2008년과 2009년에는 천주교, 불교의 성직자들이 지리산 노고단에서 출발해 계룡산 신원사를 거쳐 임진각 망배단까지 355킬로미터를 124일간 날마다 천 배의 오체투지로 걸으며 평화와 생명의 소중함을 되새겼습니다.

이렇듯 삼보일배三步一拜 오체투지五體投地 순례는 사람과 환경과 생명 존중의 정신을 담고 있습니다.

그로부터 20년이 흐른 지금, 우리는 한계 상황에 내몰리고 있습니다. 전쟁과 기후 위기, 환경 파괴로 다가올 미래가 불투명해지고 있습니다. 20년 후에는 우리 아이들이 대한민국의 사계절 경치를 직접 누리기 힘들어질 수 있습니다. 그저 글과 사진으로만 그 풍광을 간접적으로 체험해야 할 안타까운 일이 벌어질지도 모릅니다.

(사)세상과함께는 현재 전 세계가 직면한 기후 위기라는 상황 속에서 우리 사회와 지구가 안고 있는 문제들을 해결하려면 삼보일배 오체투지의 정신이 절실히 필요하다고 판단해, 그 의미를 되새겨 보기로 했습니다

　이에 삼보일배 오체투지에 관한 간행물 발간을 기획해, 2021년 4월부터 10명의 활동가로 편집팀을 구성해 인터넷 기사와 개인 자료 등 각종 자료 수집과 인터뷰를 진행했습니다. 이후 4명의 기획팀이 자료를 정리하고 보완해 12월에 약 1만 페이지 분량의 12권 자료집을 완성했습니다.

　자료집 작업을 마치고 난 뒤, (사)세상과함께는 삼보일배·오체투지에 참여했던 모든 분이 전해 준 '사람·생명·평화'에 관한 이야기를 더 많은 이웃과 공유해야 한다고 생각했습니다. 이에 여러 차례 논의를 거듭한 끝에 출판을 결정하고, 어린아이부터 연로하신 분들까지 누구나 삼보일배 오체투지 정신에 쉽게 다가갈 수 있도록 당시 성직자와 참여자 분들의 모습과 말씀을 있는 그대로 담백히 옮긴 책을 펴내게 되었습니다.

　아울러 기존의 약 1만 페이지 분량의 자료는 이후 연구, 토론, 조사 등을 거쳐 공론화 작업을 진행할 계획입니다. 서록 발간과 더불어 이 정신이 지속적으로 확산되고 논의되기를 기대합니다.

　서록에는 삼보일배 오체투지 당시 참여했던 분들의 이야기가 고

스란히 담겨 있습니다. 이 책은 지네처럼 기어 오체투지 순례를 이어나가며 눈물과 땀방울을 흘리고, 자벌레와 갯지렁이와 눈을 마주치는 길을 걸었던 이들의 이야기입니다.

어리석은 마음을 내려놓고 가장 낮은 자세로 자신을 성찰하며 참회했던 이들의 마음, 권력에 대한 요구보다는 서로 연대하며 상생과 평화를 나누고자 했던 열린 마음들이 있습니다.

우리 내면의 작은 생명과 평화의 목소리를 간직하고, 인간과 자연의 상생으로 환경 문제를 해결하고자 했던 마음들도 있습니다. 남 탓하기에 앞서 자신부터 변화를 추구하며 생명 평화를 이루고자 했던 이들의 다짐과, 예수님처럼 이웃과 세상을 겸손히 섬기려 했던 마음들도 담겨 있습니다.

모든 생명체 간 용서와 공존을 기도하고, 지구와 인간과 자연이 하나라는 큰 연민을 가졌던 열린 마음들, 생명 존중의 정신을 실천하려 했던 이야기들입니다. '너는 나의 뿌리이며, 나 또한 너의 뿌리'라는 평등과 공동체 정신을 갖고 나부터 돌아보는 성찰의 자세로 상생의 길을 걸었던 많은 분의 발자취입니다.

개인의 내면 성찰과 실천이 이웃과 지구를 사랑하는 마음으로 이어질 때 비로소 기후 위기 등 인류가 직면한 난제들을 해결할 수 있을 것입니다.

(사)세상과함께는 이 같은 철학을 바탕으로 개인과 사회, 지구적 차원에서 상생의 길을 모색해 나갑니다. 전쟁과 빈곤, 차별로 고통받

는 이웃들의 생명과 평화를 지키고자 부모 품을 잃은 6,000여 명의 미얀마 아이들에게 의식주와 교육을 지원하며, 내전으로 한순간에 모든 것을 잃고 피신한 피란민들에게 지속적인 구호품을 보냅니다. 국내 발달 장애인들의 교육과 자립을 돕는 활동도 이어갑니다.

또한 (사)세상과함께는 모든 생명체가 소중하며 서로 연결되어 있다는 사실을 널리 알리고자 합니다. 인간도 자연과 더불어 숨 쉬며 살아가기에, 환경 문제를 해결하는 것이 중요합니다. 전국의 환경 문제들을 조사하고, 그 정보를 나누며, 실천할 수 있는 대책을 찾는 등 다방면으로 노력합니다. 2020년부터는 '삼보일배오체투지 환경상'을 제정해, 어려운 여건 속에서도 환경을 보호하고자 최선을 다하는 활동가들을 응원합니다.

사람·생명·평화의 길에서 한 개인이 일상의 자기 삶을 잘 살아 내는 것이 너무나 중요합니다. 욕심에 기반한 삶이 아닌 깊은 성찰과 양심적 실천이 필요합니다.

현대 사회에 개인주의와 이기심이 만연한 가운데, 건전한 공동체 의식을 갖추는 것이 인류가 직면한 기후 위기 문제 해결을 위해서도 시급합니다. 공멸 위기에 놓인 현대 문명의 문제를 고민하고, 우리의 가치관과 사회 구조를 반성적으로 성찰해야 합니다. 이를 위해 개인과 공동체가 변화하고, 대립이 아닌 협력과 이해를 바탕으로 사회가 발전해 나가야 합니다.

삼보일배 오체투지 정신이 내포한 사람·생명·평화의 길은 우리를 공존과 상생으로 이끌어 줍니다. 이 길을 통해 우리는 밝은 미래를 향해 나아갈 수 있을 것입니다.

　이 책과 함께하는 시간이 우리 내면의 작은 생명과 평화의 목소리에 귀 기울이는 소중한 순간이 되기를 바랍니다.

(사)세상과함께 발간위원회

송옥규

사람·생명·평화의 길에
함께하며

"새만금이 묻히고 있었습니다. 강이 더 큰 인공의 강-대운하-에
수몰된다 했습니다. 땅이 땅에 묻혀 숨 막혀 하고, 물이 물에 빠져
허우적거리는 모습을 차마 지켜보고만 있을 수 없었습니다."

수경 스님이 2003년의 삼보일배와 2008~2009년의 오체투지를 회상
하며 하신 말씀입니다.

삼보일배 오체투지 순례에 참여한 문규현 신부님은 이렇게 말씀하십
니다.

"삶의 근본, 원초적인 힘을 회복해야 합니다. 그러자면 외면하고
잊고 있던 가치를 기억하고 찾고 선택해야 합니다. 허위와 위선과
탐욕은 버리고 진짜 내가 되기 위해, 허망한 유혹이나 욕심을 비우
고 진정 마음에 묵직하게 간직해야 하는 가치는 무엇이냐고 자신

에게 물어야 합니다."

돌이켜 보면 삼보일배 오체투지 순례는 인간 생명만 중요한 것이 아니라 산줄기, 강줄기도 생명이라는 것을 인식하고, 우리의 오만을 반성하며 자연과 하나 되어 우리의 문명을 좀 더 오래도록 유지하려면 어떻게 살아야 하는지를 숙고하고 기도하는 참 귀한 시간이었습니다.

20여 년이 지난 지금 우리는 여전히 인간성 상실의 문제와 공동체의 붕괴, 그리고 자연환경을 파괴해 생기는 기후 위기의 문제를 안고 살아갑니다.

이 책에는 삼보일배와 오체투지 전 과정에서 당시 순례에 참여했던 다양한 분들의 담담하지만 절실한 글과 목소리가 담겼습니다.

이들은 지구에 함께 사는 모든 생명체의 평화로운 공존을 말합니다. 인간의 탐욕이 빚은 자연환경 파괴와 기후 위기를 가장 낮은 자세로 참회하고자 합니다. 고통과 눈물로 삼보일배 65일과 오체투지 124일을 함께했던 이들이 가슴속 깊이 간직했던 사람·생명·평화의 길을 말합니다.

이들이 말했던 사람·생명·평화의 길은 우리 사회가 지금 당면한 문제들을 해결하는 데 나침반 같은 역할을 할 것입니다.

기후 위기는 지구상에 사는 모든 생명체가 함께 맞이하고 있습니다. 우리가 지금의 방식대로 개발과 성장 그리고 소비만을 추구하는 욕망의 삶을 살아간다면 모두 공멸하고 맙니다. 이 책에서 말하는 대로 나부터 성찰하고 참회해 가며 이러한 삶의 태도를 멈춰야 합니다.

책을 읽는 동안 내내 짧은 글 속의 많은 시민의 목소리가 가슴으로 전해져 왔습니다.

이 책이 '나'에서 '우리'로, '사람' 중심에서 '모든 생명체'로 삶의 중심을 확장하고, '소비'를 지향하는 생활에서 '나눔'을 지향하는 생활로 바꾸어 가는 계기가 되었으면 좋겠습니다.

새로운 문명 세상을
꿈꿉니다

내 고향은 전라도 고부입니다. 어려서부터 동학군 이야기를 줄곧 듣고 자랐습니다. 집에서 멀지 않은 곳에 우리 논이 있었고 조금 더 떨어진 언덕에 밭이 있었습니다. 마루에 서면 끝없이 펼쳐지는 황금 들판이 지금도 눈에 선합니다.

　우리 집은 내가 중학교 다닐 무렵 어머니가 원불교에 귀의했고 얼마 되지 않아서 아버지도 입교했습니다. 나도 자연스레 어머니를 따라 교당을 다니게 됐습니다. '물질이 개벽되니 정신을 개벽하자'라는 표어나 '새로운 문명 세상'에 관한 이야기들은 가슴을 설레게 했습니다. 나에게 원불교 출가는 자연스러운 일이었습니다. 지금 생각하면 숙연이었습니다. 운명 같은 거였습니다.

　50대 초반, 익산에 소재한 문화촌 교당에 부임했습니다. 법당도 제대로 갖추어지지 않은 개척 교당이었습니다. 사회개벽교무단에 참여하던 나는 주위에서 새만금 삼보일배가 논의되자, 뒤에서나마 조력하기로 마음먹었습니다.

솔직히 고백하면 나는 준비되지 않았습니다. 정신은 둘째 치고 무릎 보호대조차 준비가 없었습니다. 첫날 저녁 어느 시골 성당 마당에서 텐트를 치고 자는데 침낭도 없어 추워서 죽을 뻔했습니다. 문득문득 겁이 났습니다. 한 사흘은 고민했던 것 같습니다. 부안을 지나 옥구 벌판에 들면서 비로소 결심이 섰습니다. 신부님과 스님의 결연하신 모습을 뵈니 나 자신이 많이 부끄러웠습니다. 문규현 신부님이나 수경 스님은 이름은 익히 알았지만 이렇게 가까이서 함께해 본 것은 처음이었습니다. 두 분의 격려와 호념護念(아끼고 살피고 북돋아 주는 마음)이 나를 붙잡아 세워 주었습니다. 그제야 정신이 든 나는 왜 내가 새만금 삼보일배에 나섰는지를 스스로에게 묻고 비로소 삼보일배에 온전하게 집중했습니다. 평생 잊지 못할 고마우신 분들입니다.

우리가 하늘 없이 살 수 있는가? 땅이 없이 살 수 있는가? 햇빛과 바람과 구름과 물과 초목이 없이 살 수 있는가? 산과 강과 바다와 숲이 없이 살 수 있는가? 허공에 날짐승과 산과 들에 들짐승들과 곤충 미물들까지, 강과 바다의 물고기들과 땅속에 이름조차 알 수 없는 수많은 생명들…. 이런 것들은 내 생명과 삶과는 어떤 관계가 있을까? 출가해서 오랫동안 품어 온 화두였습니다.

옥구 들판을 지나 저 멀리 군산이 바라다 보이는 곳에서 잠시 쉬는 시간. 그날 따라 지친 모습으로 대중과 한 발짝 떨어져 논두렁에 앉아 멍하니 먼 산을 바라보았습니다. 발 아래로 이름을 모르는 작은 꽃들이 무수히 피어 있었습니다. 아름다웠습니다. 화려하지는 않았지만 당당해 보였습니다. 비록 누가 보아 주지 않는 시골 논두렁에 핀 작은 꽃이지만 저마다 기죽지 않은, 생기가 넘치는 것이 보기가 좋았습니다. 발을 살짝 들어 보니 짓밟혀 상처 입은 그대로 환하게 웃었습니다. 개불알꽃(봄까치꽃)이었습니다. 갑자기 내가 초라해 보였습니다. 알아 달라고 갈구하고 상처받고 원망하고 찌그러진 내 모습이 보였습니다. 속내가 몹시 부끄러웠습니다.

봄 중순이었지만 제법 쌀쌀했습니다. 일보일보우일보一步一步又一步 일배일배우일배一拜一拜又一拜, 걷고 걷고 또 걷고 절하고 절하고 또 절했습니다. 시골 한적한 길에 삼보일배도 편안했습니다. 번민도 많이 고요해졌습니다.

우리는 생명이 소중하다고 배웁니다. 그렇습니다. 생명은 소중합니다. 배워서 소중한 것도 맞지만 생명을 깊숙이 관찰하고 음미하고 교감하면 왜 생명이 소중한지를 스스로 알게 됩니다. 낱 생명의 소중함도 알게 되지만 생명과 생명이 어우러진 하나의 큰 생명에도 눈뜨게 됩니다. 생명은 동일체同一體입니다. 하나의 몸입니다. 사생일신四生一身입니다. 우리 생명의 몸은 천차만별로 각기 나뉜 것처럼 보이지만 실은 온전한 하나의 생명체입니다. 그래서 우리는 서로서로 '없어서는 살 수 없는 관계'에 있습니다. 이것이 우리가 서로서로 사랑해야 하는 이유고 자비의 근거입니다. 배려하고 역지사지하는 윤리적 삶의 뿌리입니다. 만물의 영장이라는 인간의 도리입니다.

과학의 발달에 따라 산업 발전과 물질문명의 속도가 가파릅니다. 풍요와 편리가 가져다주는 물욕의 탐닉에 세상은 그 위태로움을 모르는 듯합니다. 생명을 한갓 휴지 조각처럼 여깁니다. 탐욕은 불타오르듯 거세고 헛된 욕망이 우리를 어떻게 망가뜨리는가에 대한 각성은 더딥니다.

극심한 불평등 사회가 그렇고 자원 고갈이 그렇고 기후 위기가 그렇습니다. 지금 세상은 묵은 세상이 지나가고 새로운 문명 세상이 열리는 문명 전환기입니다. 삶의 방식이 바뀌어야 세상에 빛이 됩니다.

새만금은 우리에게 큰 아픔입니다. 말도 많고 시비도 많았습니다. 갈등과 대립이 치열했고 상처도 깊었습니다. 새만금 생명은 자신의 몸을 던져 처연하게 사라졌지만 반드시 새로운 문명 방식으로 우리를 감싸 줄 것입니다. 세상은 그렇게 이어지고 생명은 그렇게 아름다운 것입니다. 그래서 나는 지금도 큰 생명이 상생하는 하나의 지구촌 세상을 꿈꿉니다.

세월이 많이 흘렀습니다. 문규현 신부님과 수경 스님 그리고 이희운 목사님, 함께 동참해 주셨던 많은 성직자 분들과 새만금 생명에 공감하셨던 수많은 일반 시민 여러분께 진심으로 감사드립니다. 살신성인 정신으로 삼보일배단을 이끌어 주셨던 실무진 모든 분께도 감사드립니다. 새만금을 기록으로 남겨 주신 (사)세상과함께 여러분에게도 감사드립니다. 새만금 생명이 이 세상을 비추는 빛으로 다시 환생하는 새로운 문명 세상을 기다리면서 삼보일배 올립니다. 감사합니다.

삼보일배 三步一拜는?

세 걸음 걷고 한 번 절하며 앞으로 나아가는 수행법입니다. 한 걸음 떼며 내 안에 풍선처럼 부풀어 있는 탐욕을 응시합니다. 또 한 걸음 떼며 내 안에서 유령처럼 떠돌아다니는 진심(분노·화)을 성찰합니다. 또 한 걸음 떼며 욕망과 화를 어찌할 줄 모르는 내 어리석음을 돌아봅니다. 그리고 몸을 한없이 낮춰 모든 생명의 소중함과 존재의 고마움 앞에 깊이 큰절 올리며 참된 삶과 공동체를 향한 깊은 참회와 성찰에 이르고자 합니다.

삼보일배 순례단 대열도

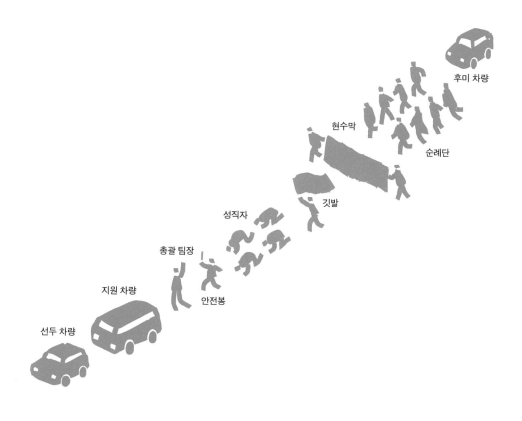

후미 차량

현수막

순례단

성직자

깃발

총괄 팀장

지원 차량

안전봉

선두 차량

※ 안전 요원은 안전봉을 지니며 순례 참여자는 몸자보를 걸침

※ 진행팀과 참여자 중 일부는 삼보일배 홍보물을 행진 도중에 만나는 시민들에게 배포하는 역할을 맡음

※ 참여자가 적을 때는 2열로 진행하고, 인원에 따라 3열, 4열로 배치함

※ 진행팀 차량은 전후방 30미터 이내에서 참가자들의 안전 확보와 순례 관련 물품, 개인 물품 보관 등을 담당

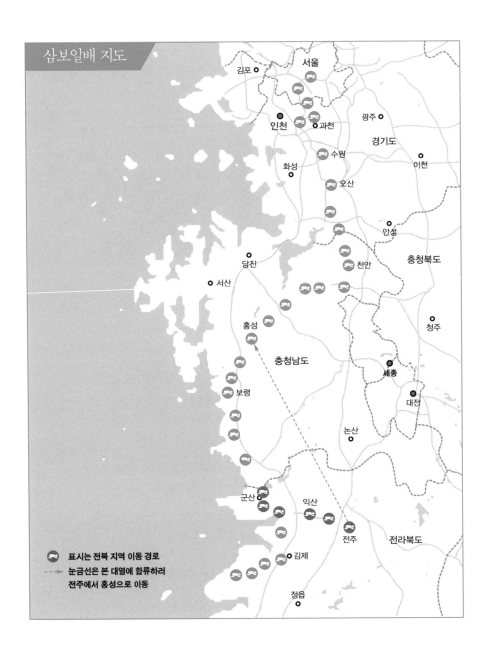

삼보일배 지도

김포 　서울

인천　○과천　광주 ○

경기도

수원　이천

화성

오산

안성　충청북도

당진

서산　천안

청주

홍성　충청남도

세종

보령　대전

논산

군산　익산

전주　전라북도

김제

정읍

🚗 표시는 전북 지역 이동 경로

---▶ 눈금선은 본 대열에 합류하러
　　전주에서 홍성으로 이동

- 3월 28일 | **1일차**　　전북 부안 해창갯벌에서 출발
- 4월　1일 | **5일차**　　동진강을 건너 전북 김제 진입
- 4월　5일 | **9일차**　　만경강을 건너 전북 군산 진입
- 4월　8일 | **12일차**　군산 금강 하굿둑(금강 갑문교)에서 삼보일배로 금강을 건너 충남 서천 진입
- 4월　9일 | **13일차**　서천 금강 하굿둑에서 두 조로 나뉘어 문규현 신부와 수경 스님이 앞장선 순례단은

　　　　　　　　　　　금강 북쪽(서울 방향)으로, 이희운 목사와 김경일 교무, 전세중 교무가 앞장선

　　　　　　　　　　　전북 지역 순례단은 금강 남쪽(전북 지역, 군산→익산→전주)으로 순례에 나섬
- 4월 15일 | **19일차**　충남 보령시 웅천, 새만금 해창갯벌에서 100킬로미터 지나옴
- 4월 23일 | **27일차**　충남 홍성에서 전북 지역 순례단과 다시 합류함
- 5월　2일 | **36일차**　충남 천안, 200킬로미터
- 5월　8일 | **42일차**　경기도 평택 진입
- 5월 23일 | **57일차**　서울 진입, 291.5킬로미터
- 5월 31일 | **65일차**　서울 광화문 회향, 322킬로미터

021

일러두기

* 소중한 자료 수집과 증언 등으로 도움을 주신 모든 분께 감사드립니다.
* 이 책은 2003년 당시 삼보일배에 참여했던 사람들의 다양한 목소리와 글로 이루어져 있습니다. 원활한 내용 전달을 위해 최소한의 윤문과 교정·교열이 필요했음을 밝혀 둡니다.
* 본문의 글 중 출전을 밝히지 않은 글은 당시 진행팀의 기록 등에서 발췌·정리했습니다. 혹여 미처 알지 못해 빠뜨린 출전이 있다면 보완해 재판에 싣겠습니다. 당사자거나 당사자를 아는 분은 (사)세상과함께 또는 출판사로 연락해 주시면 감사하겠습니다.
* 이 책에 다 담지 못한 2003년 삼보일배 자료는 (사)세상과함께 누리집에 사이버 자료관 등을 구축해 사회적으로 공유할 계획입니다.
* 2003년 참여자 명단은 책 본문 마지막에 실어 기억되도록 했습니다.
* 삼보일배의 정신을 되새기고자 발간한 이 책에서 발생하는 인세 등 모든 유·무형의 자산은 여전히 진행 중인 생명·평화 운동의 사회적 기금으로 쓰입니다.
* 사진은 삼보일배 진행팀(주용기, 마용운, 오두희)과 오동필 님, 오체투지 진행팀(장재원, 박용훈, 명호)에서 제공해 주셨습니다.

세상에서 가장 낮은 자세로
무릎을 굽히고 팔꿈치를 꺾고 머리를 숙입니다.
온 숨을 땅에 바치며 생명과 평화를 기도합니다.

탐욕과 분노와 어리석음에 휩쓸려
생명의 질서를 거스르며
이웃과 자연을 공경하지 않았음을
온몸 땅에 엎드려 기어가며 참회합니다.

땅과 물과 태양, 바람에서 비롯한 모든 생명은 하나이며
하늘과 땅의 은덕으로 살아갑니다.
오늘 바람이 붑니다.
햇살이 반짝입니다.
구름이 일고 비가 내립니다.
그 경이로움 속에 내가, 우리가 살아갑니다.
오체투지로 엎드려 세상에 감사합니다.

이 책은 그 고귀한 사람의 길
생명의 길·평화의 길을 향해 먼저 떠났던
아름다운 사람들의 기록입니다.

온 세상의
생명·평화를 염원하며 ....

이 책의 이야기는 모두 실화입니다.

2003년 3월 28일부터 5월 31일까지 4대 종단(불교·천주교·원불교·기독교) 성직자인 수경 스님과 문규현 신부님, 김경일 교무님, 이희운 목사님이 새만금 갯벌과 온 세상의 생명·평화를 염원하며, 전북 부안 새만금 해창갯벌에서 서울 광화문까지 322킬로미터를 꼬박 65일 동안 삼보일배 기도 수행으로 나아갔습니다. 한 사람당 36만 걸음, 세 걸음마다 한 번씩 12만 번을 무릎 꿇고 땅에 이마를 조아리며 절했습니다. 1,200켤레의 장갑이 닳았습니다.

삼보일배 내내 순례자들은 몸 앞뒤로 몸자보를 둘렀는데, 앞에는 '새만금 갯벌을 살려 주소서'를 새기고 뒤에는 '전쟁 반대 평화 기원'을 붙였습니다. 새만금 사업처럼 대규모 생명을 파괴하는 사업은 생명을 경시하는 개발 지상주의에서 비롯하며, 이러한 생명 경시는 미국의 이라크 침공처럼 대량 살상 전쟁을 만들어 냅니다. 새만금 갯벌과 이라크에서 죽어가는 뭇 생명에 우리는 아팠습니다. '네가 아프니 내가 아프다'라는 동체

대비의 마음으로 어린이부터 노인까지 수만 명이 삼보일배 순례에 함께 했습니다. 한국 사회가 나아가야 할 생명과 평화의 새로운 길을 내는 한 걸음이었습니다.

20여 년이 지난 지금도 여전히 세계 곳곳에서 전쟁과 학살이 벌어집니다. 대한민국 곳곳에서 환경이 파괴됩니다. 전쟁 반대 평화 기원이 절실합니다. 새만금 갯벌도 그러합니다. 그해 봄, 삼보일배 순례길에 울려 퍼지던 말을 옮깁니다.

"새만금 갯벌과 온 세상의 생명 평화를 위해
 삼보일배를 진행하겠습니다."

"이라크에 대한 침략 전쟁 중단과 새만금 갯벌을 살리기 위한
 삼보일배를 시작하겠습니다."

새만금
간척 사업은? ....

새만금은 세계 4대 갯벌 습지입니다. 전북 부안에서 군산에 이르는 우리나라 최대 하구 갯벌 지역입니다. 1991년부터 이 갯벌을 33킬로미터의 방조제로 막아 서울 여의도 면적 140배의 농지를 만들겠다는 어이없는 사업이 일부 정치인들과 개발 이익을 탐하는 이들에 의해 '단군 이래 최대의 역사'라는 이름으로 진행됐습니다.

총 공사비만 24조 원. 매립에 쓸 토석으로 서울 남산 크기 150개에 이르는 산이 형체도 없이 사라지는 인류 역사상 유례가 없는 환경 파괴 사업이었습니다. 24조 원을 들여 2만 8,000헥타르의 농지를 만들겠다는 건 평계에 불과했습니다. 갯벌은 논보다 3.3배나 경제성이 높습니다. 이는 장기적으로 나타날 어족 자원 고갈과 멸종이 전혀 포함되지 않은 수치입니다. 갯벌을 논이나 목장으로 만드는 게 더 경제적이라는 건 국민 기만입니다. 세계적인 과학잡지 《네이처Nature》에 따르면 갯벌의 생태적 가치가 농경지의 100배, 숲의 10배에 달한다고 합니다. 동아건설의 김포 간척지나 현대건설의 천수만 간척지에서 쌀농사를 짓거나 소를 키우는 것은 예전 어민들의 생산액에 비할 때 수십 분의 일에도 못 미칩니다.

2009년 갯벌을 세계자연유산으로 등재한 세계 생태 환경 전문가들조차 새만금 갯벌에 감탄했습니다. 새만금 갯벌은 하루 10만 톤의 폐수를 처리하는 하수 종말 처리장 40개와 맞먹는 정화 기능을 가졌습니다. 호주와 뉴질랜드에서 월동하고 시베리아까지 1,300킬로미터를 날아가는 도요새와 물떼새 20만 마리 등 수많은 철새의 중간 기착지로 세계적으로도 중요한 생태 환경지였습니다. 새만금 갯벌이 없어지면, 서해안 갯벌에 의지해 서식하는 어류 230종, 게 193종, 새우 74종, 조개 58종과 수십만 종의 다양한 해양 생물의 서식처가 사라지게 됩니다. 얕은 바닷가에서 산란해 부화한 치어들은 갯벌을 돌아다니면서 이곳에서 생성되는 풍부한 플랑크톤을 먹고 자라 성어가 된 후 깊은 바다로 나가는데, 이런 모든 먹이 사슬이 끊겨 인근 바다까지 사막화합니다.

한편, 갯벌은 기후 변화 대응에 효과적인 탄소 흡수원이기도 합니다. 2021년 서울대 김종성 교수 연구팀이 조사·분석한 결과 국내 갯벌은 약 1,300만 톤의 탄소를 저장하고 있다는 것이 밝혀졌습니다. 연간 최소 26만 톤에서 최대 49만 톤의 이산화탄소를 흡수한다는 사실을 규명했습니다. 이는 자동차 20만 대가 연간 뿜어 내는 분량이며, 30년 된 소나무 약 7,340만 그루가 연간 흡수하는 이산화탄소량과 비슷하다고 합니다.

삼보일배가 시작된 2003년까지 새만금 간척지는 방조제 등 외부 시설 설치가 82퍼센트 추진된 상황이었습니다. 사업비는 국비와 농지 관리 기금이었습니다. 이 기금은 주로 쌀과 소고기 등 수입 농산물의 판매 이익금에서 조성돼 농민들에게 돌아가야 할 돈인데 국회 의결도 없이 농업 기반 조성이라는 미명하에 자의적으로 집행됐습니다. 새만금 간척으로 고향과 보금자리를 빼앗기고 쫓겨나야 하는 어부와 주민의 수는 2만 5,000명이 넘었습니다.

새만금 간척 사업은 한국 사회의 무지와 위선과 기만의 결정판이었습니다. 새만금 간척 사업 반대는 국책 사업의 비합리적이고 비민주적인 결정 과정을 근본적으로 개선하며, 그동안 무책임하게 이뤄졌던 정책 실패와 막대한 혈세 낭비의 악순환을 끊는 정책 대전환의 문제이기도 했습니다.

2003년 3월 더는 두고 볼 수 없던 4대 종단의 성직자들이 앞장서며 수많은 환경·시민 사회단체, 그리고 주민과 시민이 나서게 됐습니다. 이들 모두가 새만금갯벌생명평화연대(36개 환경·종교·시민 단체 참여)로 모였습니다. 삼보일배의 시작이었습니다. 어느새 새만금 갯벌은 참된 민주주의와 더불어 사는 생태 환경 사회를 바라는 모든 이의 교회이자 성당이 됐습니다. 모두의 법당이자 교당이 됐습니다. '21세기의 성지'가 됐습니다.

— 수경 스님 〈새만금 둘러싼 '전쟁'이 나는 두렵습니다〉와 이태수 농학박사 〈새만금 갯벌은 살려야 한다〉 중

·삼보일배·

어리석은 마음 길 위에 내려놓고

갯벌은
은혜로운 땅입니다

•

매년 봄 20만 마리 이상의 도요새와 물떼새가 새만금 갯벌을 찾아옵니다. 멀리 호주, 뉴질랜드에서 3박 4일 동안 쉬지 않고 날아옵니다. 짝을 짓고 번식하러 시베리아로 가는 길에 단 한 번 우리나라 서남 해안 갯벌에 내립니다. 날아오는 동안 몸무게 절반가량이 빠질 정도로 힘겨운 날갯짓을 하는데, 시베리아까지 다시 날아가기 전 새만금 갯벌에서 보름 정도 쉬며 영양을 보충합니다.

갯벌은 갯지렁이가 꼬물대고, 망둥어가 설쳐 대고, 농게가 어기적거리고, 수백만 마리 찔룩이와 저어새가 끼룩거리는 경이로운 생명의 땅입니다. 또한 해일과 태풍이 오기 전에 모든 생명체에게 재해를 예감하게 하고 자연의 파괴력을 완화하는 은혜로운 땅입니다.

●

갯벌은 사람을 먹이고 살립니다. 갯사람은 도시 사람을 먹이고 살립니다. 새만금 갯벌이 삶터이자 일터인 사람들이 있습니다.

"저는 갯벌에 나가 일할 때 가장 맘이 편해요. 남편을 일찍 잃어 그
런지 갯벌에서 나는 모든 생명체가 그렇게 소중할 수 없어요. 조개
가 나오면 얼마나 사랑스러운지 '너 어디 있다 이제 왔니!' 하는 소
리가 저절로 나와 그걸 손에 올려놓고 쓰다듬는답니다. 그냥 내 자
식 같아요."

— 50대 여성 어민

"저 갯벌은 어떠한 차별과 편견 없이 나를 대해요. 도시에서는 노
인 문제도 그렇고, 명예퇴직이다 구조조정이다 심각하지만, 갯벌
은 달라요. 누구에게나 언제나 똑같이 평등하고 잘살 수 있는 기회
를 주지요. 그리고 납이 든 꽃게처럼 먹지 못할 것을 속아 수입해
먹는데, 오염되지 않은 갯벌에서 나는 우리 것을 먹는다면 도시 사
람들도 행복하지 않을까요."

— 40대 여성 어민

"객지 나간 자식들이 쥐여 주는 10만 원에 의지해 살기보단, 뻘에 나가 내가 일하는 게 훨씬 벌이도 좋고 맘도 편하지. 몸이 아프다가도 뻘에만 나가면 몸이 훨훨 날아가는 것 같다니까. 전에는 뻘에서 조금만 움직여도 용돈을 충분히 벌어 쓰고도 남았는데, 간척한다고 방조제로 물길 막은 뒤론 하루 3,000~4,000원 벌기도 힘들어. 내가 요즘 너무도 속이 타고 화가 나. 대통령 만나 얘기 좀 했으면 좋겠어. 왜 저 멀쩡한 갯벌을 망쳐 놔서 우리를 이렇게 힘들게 하냐고."

— 70대 여성 어민
— 천주교여성생태모임 레헴 소식지 〈새만금 갯벌 여성 어민들의 호소를…〉 중

●

우리는 정말 배운 것도 가진 것도 없고 오로지 바다에 나가 조개 잡아먹으며 살아왔고 앞으로도 그래야 하는데 새만금 공사 소리가 조개 잡는 곳에서 들리는데 그 소리를 듣기만 해도 죽을 것 같습니다. 바닷사람은 바닷가에 살아야 하고 농사짓는 사람은 농사를 지어야 하는데 앞으로 어떻게 살아야 할지 생각하면 마음이 너무 아픕니다.

— 이순덕 부안군 어민

●

12년 전엔 농지가 부족해 농지를 만들겠다 했습니다. 그 말이 거짓말로 드러나자 공업 단지를 만들겠다고 하더니 이제는 매립지에 베니스를 닮은 해상 도시를 건설하자고 합니다. 국민 세금으로 건설사와 지역 토호를 배 불리는 일일 뿐입니다. 주민들은 계화도가 중소 도시가 될 거라는 분홍빛 덧칠에 속기도 했습니다. 어떤 노인들은 새만금에 논을 만들면 무상으로 몇천 평씩 떼어 주는 걸로 잘못 알기도 했습니다. 계화도 청년회에서 2000년 가을 국무총리실 산하 수질개선기획단을 찾아가 물으니 "논 준다는 말은 처음 듣는 소리"라고 했습니다.

●

새만금 내 계화도에 사는 고은식 씨는 지난 1월 짱뚱어 솟대를 손수레에
싣고 부안에서 서울까지 도보 행진을 했습니다.

> "제 마음속엔 이미 제방이 사라지고 바다가 살아 있습니다. 정부야
> 어떻게든 바다만 막아 버리면 사람들이 포기하겠지 생각하겠지만,
> 잘못된 생각입니다. 이렇게 마음속에 바다가 굳건히 살아 있는 한
> 바다는 죽지 않습니다. 머잖아 물길이 막히고 제방이 완성된다 하
> 더라도 언젠가 그 제방은 무너질 것입니다."

— 《문화일보》 김종락 기자 〈苦行으로 갯벌 살릴 수만 있다면…〉 중

●

저는 이제 새만금 갯벌에서 서울까지 기나긴 여정을 떠납니다. 도착 날을 기약할 수 없는 이 길고 긴 여정이, 저도 두렵습니다. 어쩔 수 없이 무척 심란하고 긴장됩니다. 진심 어린 걱정을 담아 말리는 이들도 있었습니다. 어디까지 갈 거냐며 무슨 이벤트인 양 은근히 생색내기로 넘겨짚는 사람들도 있었습니다. 형님 문정현 신부는 차라리 삼보일배를 시작하는 3월 28일이 오지 않았으면 좋겠다고 안타까워했습니다.

제 귓전에는 대구 지하철 참사로 희생된 죽음들과 죄 없는 새만금 갯벌과 죄 없는 이라크인들의 고통이 같은 울림으로 메아리칩니다. 그것들은 연민과 사랑을 잃은 우리의 마음이 만들어 낸 죄악상을 보여 줍니다. 그것들은 서로 다른 지역에서 일어난 별개의 사건 같지만 모두 똑같은 야만스런 얼굴을 하고 있습니다. 탐욕과 물질 지상주의가 생명의 존엄성과 귀함 위에 군림하는 모습입니다. 가볍고 쉽게 살려는, 나 하나만 잘살면 된다는 식의 행태가 만연한 탓입니다. 결국 바로 우리 자신과 공동체 모두가 그 대가를 참으로 비싸게 치르는 것입니다.

우리의 끝없는 욕심과 눈앞의 편리함만을 쫓는 태도가 무고한 새만금 갯벌을 죽이고 무고한 자연을 파괴하는 일에 가담하고 있습니다. 미국의 전쟁놀이로 죽어 가는 이라크 양민과 어린이들의 고통은 바로 우리의 이기심과 무관심이 허용한 것입니다. 대구 지하철 대참사는 겉치레에 치중하는 우리의 그릇된 생활 방식과 가치관이 만든 것입니다.

비록 두렵고 긴장되지만, 저는 이 긴 여정을 단순한 마음으로 떠나겠습니다. 전쟁으로 죄 없는 생명들이 죽어 가고 참 평화가 몹시 절실한 때

이니 더더욱 길을 떠나야겠습니다. 새만금 갯벌에서 십여 년이 넘게 벌어지는 저 소리 없는 총성과 떼죽음, 그리고 제발 전쟁을 중단해 달라는 이라크 양민들의 피어린 호소를 함께 가슴속 깊이 품고 이 길을 떠나겠습니다. 우리가 새만금 갯벌을 살릴 수 있다면, 소리 내지도 못하고 보이지도 않는 것들의 소중함과 귀함도 진정으로 깨달을 수 있다면, 그 어떤 참혹한 전쟁도, 저 터무니없는 죽음과 공포의 행진도 멈추게 할 수 있을 것입니다.

이 길은 선택의 여지가 없는 길입니다. 이런저런 타산과 계산을 허용하지 않는 길입니다. 생명과 죽음, 그 가운데 중립이란 있을 수 없습니다. 저는 온 힘을 다해 삼보일배의 여정을 끝까지 갈 것입니다. 기어서라도 가겠습니다. 살고자 하는 이는 죽고, 제 목숨을 버리고자 하는 이는 산다고 했습니다. 저는 이 고행을 기쁘게 받겠습니다.

부안에서 서울까지 305킬로미터라 합니다. 길고 긴 여정이며 결코 쉽지 않을 것입니다. 그러나 그 길 따라 내 온몸을 낮추어 보이지 않는 생명의 소리들, 고통받는 그들의 소리를 듣겠습니다. 개발이라는 이름하에 파괴되는 자연, 전쟁과 온갖 폭력 속에 고통받는 모든 이에게 진심으로 사죄하겠습니다. 나의 땀 한 줌, 나의 기도 한마디가 죽어 가는 새만금 갯벌의 생명들과 공감을 이루고 나눠지도록 간절히 마음 모으겠습니다.

― 문규현 신부 〈삼보일배의 길을 떠나며〉 중

●

2003년 3월 28일. 새만금 해창갯벌에서 서울까지 삼보일배가 시작되는 날. 길 건너 해창석산에서는 산을 깎고 돌을 캐 내는 중장비 소리가 쿵쿵 들렸습니다. 갯벌 건너 새만금 방조제로는 이 돌을 실어 나르는 대형 트럭들이 끊임없이 달렸습니다. 순례자들은 갯벌에 서 있는 삼십여 개의 장승 주위를 돌면서 조용히 명상에 잠겼습니다.

이선종 원불교 교무가 새만금 개발 12년을 되돌아보는 의미를 담아 열두 번의 경종을 타종했습니다. 최열 환경운동연합 공동 대표의 인사말과 살풀이춤, 계화도에 사는 염정우 어민과 새만금생명학회 이시재 교수의 이야기가 이어졌습니다. 4대 종단 대표들의 범종교인 서원문 낭독과 틱낫한 스님의 이야기를 끝으로 걷기 명상에 들어갔습니다.

●

갯벌을 나와 도로 위에서 행진을 시작했습니다. 아스팔트 위를 기어가다시피 걸어가는 이들을 보면서 사람들이 울었습니다. 순례자들은 새만금 갯벌의 지렁이와 게와 조개와 새우가 됐습니다. 오늘도 이라크 전쟁터에서 쓰러져 가는 사람들의 형상이었습니다. 서서 걷기를 거부하고 가장 하찮은 미물의 몸짓을 한 이들이 설산 고행하는 석가모니 부처이며 십자가를 지고 골고다 언덕을 오르는 예수였습니다.

●

새만금 갯벌의 원주민인 백합 바지락 동죽 가무락조개 떡조개 개량조개 갈게 길게 칠게 콩게 그물무늬금게 농발게 갯지렁이 큰구슬우렁이 말미잘 민챙이 가시닻해삼 각시흰새우 대사리 맵사리 말뚝망둥이 짱뚱어 통통마디 칠면초 검은머리물새 노랑부리저어새 민물도요 붉은어깨도요 뒷부리도요 알락꼬리마도요 넓적부리도요새 들이 천천히 행진단을 따라오는 게 보였습니다.

●

순례 첫날 밤.

　어느새 어둠이 내렸습니다. 순례단은 작은 시골 마을 천주교 공소 마당에 천막을 치고 잡니다. 아직은 쌀쌀한 초봄이라 난로를 켜도 허벅지가 시려 오는 것은 막을 수 없습니다. 응원하러 나왔던 시민들과 언론사 카메라들도 썰물처럼 사라지고 이제는 적은 인원이 남아 삼보일배의 외롭고 먼 길을 가야 합니다.

●

아침에 일어나 보니 텐트에 하얗게 서리가 내렸습니다. 영하 1도라고 합니다. 4월인데 봄은 언제나 오려는지. 이처럼 추운 날씨에 온기 하나 없는 천막 속에서 사람들의 체온과 침낭에 의지한 채 잤더니 목과 어깨가 뻐근합니다. 얼마나 웅크리고 잤으면.

●

왕복 2차선 도로의 한 차선을 막고 가는 삼보일배 순례를, 지나가는 차들이 무슨 일인가 호기심 어린 눈길로 쳐다봅니다. 길이 조금 막혀도 다행히 불평을 늘어놓는 사람은 없습니다. 오히려 가끔 손을 흔들어 주시는 분들이 있어 더욱 힘이 납니다. 지나가던 한 트럭 운전기사는 순례단에 딸기 두 상자를 내려놓고 갔습니다. 참 고마운 사람이 많습니다.

●

오전에는 성심유치원 아이들 스물다섯 명이 손에 손에 귤과 토마토를 들고 와 순례자들에게 주었습니다. 오후에는 김제의 대안학교인 지평선중학교 학생 스무 명이 함께했습니다. 이들이 '맑고 밝고 훈훈하게'라는 학교 교훈처럼 자연을 사랑하고 이웃을 보살필 줄 아는 이들이 되기를 간절히 기원합니다.

어느새 삼보일배 닷새째. 세계 3대 환경 단체인 '지구의 벗 국제 본부 Friends of the Earth International' 리카르도 나바로 의장이 왔습니다. 이전에도 문규현 신부님과 수경 스님을 만난 적 있는 나바로 의장은 성직자들의 초인적인 삼보일배에 입을 다물지 못했습니다.

"이러한 고행은 너무나 놀랍고 경이로운 행동입니다. 참여하는 모든 분이 환경 보전을 위해 이토록 헌신하니, 새만금 갯벌은 반드시 지켜지리라 믿습니다. 오늘 순례에 참여하면서 제가 큰 힘을 얻은 느낌입니다. 이것은 국제적으로도 매우 좋은 본보기가 될 것입니다. 새만금 갯벌은 국제적으로도 중요하기 때문에 국제적인 캠페인으로 함께 지켜 나갈 것입니다."

●

밤새 비가 내렸습니다. 천막 안팎이 흙탕으로 지저분해지고 옷도 젖었지만, 덕분에 하루 쉬어 가기로 했습니다. 달콤한 휴식. 며칠째 제대로 씻지 못했는데 다행히 우리에게 몸을 씻고 빨래도 하도록 집을 열어 주신 분이 계셨습니다.

　부안을 벗어나 김제에 접어들고 사흘 동안 땀과 흙먼지로 온몸이 근질근질했습니다. 시골집 부엌에 쪼그리고 앉아 바가지로 물을 끼얹는 간단한 샤워였지만 물을 만난 고기처럼 모두가 행복했습니다. 빨래도 했습니다.

●

맑고 푸른 하늘에 제비 두 마리가 날아다닙니다. 내일이 강남 갔던 제비가 돌아오고 뱀이 겨울잠에서 깨어난다는 삼월 삼짇날이라 그런지, 어김없이 찾아온 제비를 보면서 괜히 기분이 좋아졌습니다. 우리 조상들은 봄에 처음 본 제비에게 절을 세 번 하고 왼손으로 옷고름을 풀었다가 다시 여미면 여름에 더위가 들지 않는다고 믿었다는데요, 삼보일배 하는 우리는 저절로 튼튼해지겠습니다.

●

새 신발을 신고 길을 나섰는데 겨우 엿새 만에 신발에 구멍이 나고 앞꿈치가 닳았습니다. 하는 수 없이 새 신을 다섯 켤레 샀습니다. 장갑도 한 사람이 하루에 한두 켤레씩은 손가락 부분에 구멍이 나서 바꿔 끼어야 합니다. 멀리 가려면 손발을 잘 돌봐 주어야 합니다. 마음으로만 가는 길이 아니라 온몸이 가야 하는 길이기 때문입니다.

●

4월 3일, 오늘은 멀리 전주에서 시각장애인 송경태 씨와 함께 안내견 '찬미'가 왔습니다. 일곱 살짜리 찬미는 이런 도보 순례 경험이 아주 많은 베테랑입니다. 지난해에는 목포에서 판문점까지 남북통일을 염원하는 도보 순례를 다녀왔습니다. 1999년에는 두 달 동안 한반도 평화를 기원하며 미국을 횡단한 적도 있었습니다.

찬미는 '새만금 방조제 공사를 중단하고, 죽음의 방조제를 생명의 갯벌로'라는 몸자보를 옆구리에 걸치고 종일 송경태 씨를 무사히 인도하며 삼보일배를 잘 마쳤습니다.

"고마워. 찬미야."

●

만경강을 건너 군산시로 들어왔습니다. 만경강은 동진강과 더불어 새만
금 간척지로 들어오는 제일 큰 강입니다. 강 하구 옥구염전 앞쪽으로 넓
은 갯벌이 펼쳐져, 도요새 물떼새 저어새 등 멸종 위기에 처한 새들이 많
이 찾아와 국제적인 보호 가치가 있는 곳입니다.

그러나 만경강 상류에 전주와 김제 같은 도시가 있고 축산 농가가 많
아 생활 폐수와 축산 하수 때문에 수질 오염이 심각한 곳입니다. 여기에
새만금 방조제를 쌓게 되면 죽음의 호수가 된 시화호를 보듯 수질 오염이
더 극심해질 텐데 아랑곳없이 농림부와 농업기반공사는 방조제 공사를
강행합니다.

●

환경 단체 '풀꽃세상을 위한 모임(이하 풀꽃세상)'에서는 제5회 풀꽃상을 새만금 갯벌 '백합'들에게 주었습니다.

"갯벌은 인간을 포함한 생명들에게 마른 땅보다 몇십 배 유용한 땅이건만, 갯벌을 메우려던 권력은 갯벌 가치에 대해 무지했습니다. 새만금 갯벌 매립이 처음 시작된 게 12년 전이니 사실 이해할 수도 있습니다. 굴뚝에서 연기가 펑펑 나고, 여기저기 길이 뚫리고, 대량 생산에 소비가 부추겨지고, '내 차'가 실현되기 시작한 게 신기하고 황홀하기조차 하던 시절이었으니까요. 당시 가난은 견디기 힘든 치욕이었습니다. 그래서 '오로지 나를 따르라'란 개발과 성장 신화는 반공 이데올로기만큼이나 견고했습니다. 발전과 경제 성장만이 곧 풍요로운 삶으로 직결된다고 믿었습니다.

그러니 질척거리는 개흙에 보잘것없어 보이는 갯것들이 꼼지락거리고, 철새들이나 떼거지로 날아드는 갯벌을 단지 쓸모없는 땅으로 볼 수밖에 없었습니다. 다분히 '육지적 상상력'이었습니다. 그게 당시 사회 인식의 수준이었고, 자연관의 한계였습니다. 하지만 사람들은 조금씩 고개를 가로젓기 시작했습니다. 이렇게 끝없이 산천을 파괴하고, 불필요한 토목 공사와 대량 생산에 의존하는 경제로 우리가 과연 행복할 수 있을까, 의심하기 시작했습니다. 이런 물질적 성취의 대가로 우리가 잃어버린 것은 혹시 없을까, 질문하기 시작했습니다. 그리고 끝없는 성장이 과연 가능하기나 한 노릇

인가, 골똘하게 생각하기 시작했습니다.

갯벌은 신비로운 생명의 격전장이며, 자연의 질서가 완벽하게 구현된 어머니의 땅이며, 실용성으로 봐도 사람들이 버린 것들을 정화하는 천혜의 자연 정화조입니다. 그뿐인가요. 누천년에 걸쳐 전통적인 갯마을이 형성돼 왔고, 독특한 해양 생태계와 경관은 이 땅에 어울리는 해양 문화와 풍습을 낳았습니다. 갯벌과 사람의 거리가 한 차례도 떨어진 적이 없었습니다. 그 땅과 바다가 쓸모없이 죽었던 적은 한 번도 없었던 것입니다."

— 최성각 소설가·풀꽃평화연구소 소장 〈'3보1배'는 고단위 평화 운동〉 중

●

어린 시절 낙동강 하류 강가에서 자랐습니다. 아침 물안개의 냄새를 기억하고 한낮 종다리의 조잘댐을 떠올립니다. 갈대밭 속 새알들을 찾아 쏘다니다 강가 쪽으로 펼쳐진 갯벌과 모래톱으로 나가면 순간 게, 온갖 조개, 망둥이가 쏙쏙 제 구멍으로 몸을 숨기곤 했습니다. 그때 그곳이 생명의 집임을 알았습니다. 밀물은 바다 쪽에서 소금기 머금은 거품과 해초, 하루살이와 함께 다가와서는 햇살에 목이 마른 갯벌 갈대밭 생명의 집에 생명수를 배달하는 것입니다. 갈댓잎 스치는 소리, 갯벌 구멍 집으로 밀물이 빨려 들어가는 소리, 꼬시래기 물 가르는 소리가 그립습니다. 꽃향기보다 더 가슴 깊이 스며들던 갯내가 그립습니다. 온갖 생명이 부르는 생의 찬가로 가득 찼던 갯벌과 모래톱은 지금 썩은 냄새 풍기는 쓰레기장으로 변했습니다. 낙동강 하굿둑 공사로 강변 생명의 집들이 궤멸됐기 때문입니다.

— 이강옥 영남대 교수 〈새만금 방조제 공사를 반대한다〉 중

●

미군 스텔스기와 전폭기들이 굉음을 내며 하늘을 선회합니다. 미국이 이라크를 침공하면서 군산 주한 미군 공군 기지에 스텔스기 여섯 대가 배치돼 자주 훈련합니다. 미군 기지 철조망 가까이에 이르자 기관총을 실은 장갑차가 멀찍이서 우리를 노려봅니다. 곧이어 미군 헌병대로 보이는 차량이 순례단을 향해 몰려듭니다. 전쟁 반대와 평화 기원을 더욱 열심히 외쳐야만 하는 이유를 이곳에서 실감합니다.

미군 측은 국방부에 새만금 간척 사업이 완료되면 미군 기지 확장에 필요한 간척지 1,300만 평을 무상으로 내놓으라 합니다. 새만금 간척 사업과 이라크 전쟁 반대는 인간을 파멸하고 온갖 생명을 사멸시키는 야만에 맞서는 한 가지 일입니다.

●

현대를 사는 우리는 경제가 전부인 줄 착각하며 너무 각박하고, 너무 들 떠 있고, 쫓고 쫓기느라 긴장과 불안을 잔뜩 품고 삽니다. 그게 고통인 건데, 고통을 받는 줄도 모르니 고통이 반복됩니다. 물질적으로 풍요로 워지면 문제가 해결되는 줄 아는데, 아닙니다. 세상이 아무리 바뀌어도 사람은 좀처럼 바뀌지 않아요. 그렇지만 내가 바뀌면 세상은 분명히 달라 져요.

— 수경 스님, 《한국일보》 송두영 기자 〈수경 스님-이주향 교수 대담〉 중

●

우주 전체가 한 생명이며 한 몸이에요. 인간만 해도 지수화풍地水火風 사 대를 잠시 빌려서 쓰다가 다시 자연으로 돌려줘야 하잖아요. 그러니 어찌 자연과 인간이 둘이겠나요. 마음이 어두워지니까 너는 너, 나는 내가 된 겁니다. 당연히 다른 생명을 난도질해도 아무렇지도 않은 무감각한 존재 가 된 거지요. 진정한 환경 운동은 나와 자연이 둘이 아니고, 나와 네가 남남일 수 없다는 사실을 스스로 깨닫게 하는 거지요.

— 수경 스님, 《한국일보》 송두영 기자 〈수경 스님-이주향 교수 대담〉 중

●

권력이 보이면 사람이 안 보입니다. 돈이 보이면 자연이 안 보이는 법이
죠. 사람을 보고 자연을 봐야만 돈의 길도 보이고 권력의 길도 보입니다.
그게 아름다운 풍경이죠. 한 생명이 살아가는 것이 만 생명의 은혜인데,
그걸 보는 마음이 가장 아름다운 풍경인 겁니다.

　사실 새만금이 문제가 아니고, 내 안의 새만금이 문제입니다. 문제는
바로 '나'입니다. 나를 돌이켜 반추하지 못하면 가진 게 많아도 소용없어
요. 그게 천길만길 낭떠러지, 가시밭길이죠. 탐하고 미워하고…. 자승자
박이 돼 애를 먹는 거지요.

— 수경 스님, 《한국일보》 송두영 기자 〈수경 스님-이주향 교수 대담〉 중

●

길옆 가까운 공원묘지에서 장례식이 열렸습니다. 유가족이 곡을 하고 슬
퍼하는 모습에 행인도 괜히 숙연해집니다. 새만금 갯벌에서 죽어 갈, 헤
아릴 수도 없는 생명들의 원통함은 누가 달래 줄지. 미군의 이라크 침공
으로 쓰러져 가는 아랍인들은 어쩌면 좋을지. 내 가족을 넘어서, 우리 인
간을 넘어서, 모든 생명을 내 형제로 생각하며 함께 살 방법은 없을까요.

●

금강 하굿둑을 건너갑니다. 커다란 농업기반공사 간판이 배수 갑문과 둑 근처 사무실에 자랑스럽게 붙어 있습니다. 한숨이 저절로 나옵니다.

1990년에 완공되고 1994년에 담수호가 됐다는 금강호의 물은 얼마나 오염됐는지 누런 잿빛입니다. 비단결처럼 고왔을 강물이 이토록 오염된 것은 농업기반공사가 강물을 막아 물의 자연스러운 흐름을 방해해서입니다. 물의 흐름이 바뀌면서 토사 퇴적도 심해 금강 하구에 있는 군산항의 토사 준설 비용만 연간 200억 원이 듭니다. 인근 기수역에서 민물과 바닷물이 자연스럽게 만나는 것이 방해받으니 회유성 어류가 이동하지 못하고 어족 자원 감소 또한 심각한 문제라고 합니다. 그런데도 온갖 궤변을 늘어놓으며 새로운 간척 사업을 강행하는 그들은 우리의 귀중한 생태계를 파괴할 뿐만 아니라 국민의 혈세를 낭비하는 주범입니다.

이런 인간들의 바보놀음을 아는지 모르는지 오늘도 금강 하구에는 검은머리물떼새와 검은머리갈매기, 도요새 들이 부지런히 먹이를 찾습니다. 점점 사라져 가는 새와 야생 동물을 위해서, 앞으로 살아갈 미래 세대를 위해서, 지금 여기의 삶의 질을 위해서, 무분별한 간척과 개발 사업은 중단돼야 합니다.

●

금강을 지나며 순례단은 조만간 건강한 모습으로 다시 만나기를 빌며 둘로 나뉘었습니다. 남쪽으로 향한 순례단은 김경일·전세중 교무와 이희운 목사, 용묵 스님이 전북 지역 시민·환경·종교 단체들과 함께 군산과 익산을 거쳐 전주에 있는 전북도청으로 가기로 했습니다. 열이틀을 함께 다니는 동안 정이 들었는지 괜스레 눈시울이 붉어졌습니다. 전라북도의 주요 도시를 다니며 새만금 간척 사업의 문제를 알리고 지역 여론을 변화시키는 노력을 한 후에 다시 합류해 서울 광화문으로 가기로 했습니다.

전주 나실교회 이희운 목사는 기독생명연대 공동 대표로, 그간 소외받는 노동자와 이주민을 위해 목회했습니다. 2002년 2월부터는 해창갯벌에 컨테이너 하나를 놓고 '새만금 생명교회'를 열어 왔습니다.

"정치인들, 권력자들, 건설업자들, 언론들과 권력 주변의 온갖 탐욕들의 희생양이 되는 새만금 생명과 어민들을 생각하니 가슴이 쓰려 그냥 보고만 있을 수 없어 3보1도(배)의 길에 나서게 됐습니다. 그동안 전라북도에서는 낙후된 전북 경제를 발전시키겠다는 명목으로 환경 파괴와 생명 죽임의 대규모 건설 사업을 추진해 왔습니다. 특히 새만금 간척 사업은 종합적인 판단 후, 여러 가지 반대 의견에도 선거 때의 표를 위해 많은 정치인이 타당성 없는 새만금 간척 사업을 약속해 왔습니다. 결국 전북도민 대부분이 허황한 약속에 속아 넘어가고 말았습니다. 심지어 교수와 일부 종교인까지도 여기에 합세해 거대한 바다와 갯벌을 죽이는 데 앞장서 왔습니다. 바다와 생명의 창조자이신 하나님을 생각할 때, 목사의 한 사람인 저는 이 생명 죽임과 어촌 공동체의 파괴를 그냥 두고 볼 수 없기에 하나님께 간절히 새만금 갯벌에 사는 생명들을 위해 기도합니다."

— 이희운 목사 〈새만금 갯벌을 살리는 삼보일배(도)를 시작하면서〉 중

금강 하구 장항에 사는 어부 여길욱 씨는 금강 하굿둑 때문에 물고기가
사라졌다고 합니다.

"지금이면 무리 지어 강을 거슬러 올라오던 실뱀장어도 사라지고,
좀 있으면 올라올 웅어와 황복, 농어, 강을 따라 바다로 내려가던
참게 등 귀한 물고기와 어자원이 다 사라졌어요. 도요새도 이때를
맞추어 우리나라를 찾아 풍요로운 갯벌과 바다의 혜택을 누렸고,
어민들은 도요새가 오는 것을 보고 이런 귀한 물고기를 잡을 채비
를 했죠. 갯벌의 급소와 혈맥은 갯벌을 관통하는 강이며, 민물과
바닷물이 만나는 기수역이에요. 서해는 생명을 잉태하는 젖줄이며
생산성이 매우 높은데, 이것은 여러 강 하구가 서해 쪽에 많기 때
문이죠. 그러므로 해양 자원의 산부인과 병원인 동진강과 만경강
하구를 막는 새만금 간척 사업은 반드시 중단돼야 해요."

●

김경일 교무는 원불교 문화교당 주임 교무이자 '새만금 생명 살리는 원불교 사람들' 대표입니다. '생명의 보고'인 새만금 갯벌이 파괴되는 것을 그대로 둘 수 없었습니다.

"현대의 과학과 물질문명은 우리 인류에게 전에 없는 풍요와 편리라는 큰 선물을 주었습니다. 그러나 그 선물은 인간의 끝없는 탐욕과 교만, 생명과 환경의 파괴라는 어두운 그림자를 동시에 드리웁니다.

세상은 서로 상관된 전체요 하나입니다. 제 홀로 낳고 살아가는 존재는 그 어디에도 없습니다. 그래서 부처는 모든 것은 공하며 다만 인연의 소산이라고 했습니다. 원불교의 소태산 대종사는 '천지자연의 은혜와 삼세 일체 부모의 은혜와 사농공상을 비롯한 인류 동포와 초목금수를 비롯한 생태계의 모든 존재의 은혜와 천지자연의 진리와 인류 문명의 질서와 법률의 은혜'를 높이 드러내며 이를 '없어서는 살 수 없는 관계'라고 했습니다.

세상이 많이 변했습니다. 아니 세상이 변했다기보다 이제 비로소 우리가 생명의 실상에 눈뜨기 시작한 것입니다. 온 세상 가득하게 반전, 반핵, 생명, 평화의 외침이 날로 더합니다. 우리도 그동안 가난 속에서 오직 물질적 풍요와 편리를 위해 잊고 살아 왔던 진실을 찾으려는 반성들이 점점 커 나갑니다. 개발과 성장의 가치를 물신으로 섬기면서 애써 이룩했던 우리의 풍요가 막상 우리가 진실로

원했던 것과는 거리가 먼 허망한 것임을 알게 되면서, 우리가 이룩한 과학의 오만, 풍요의 허무, 탐욕의 삶에 대한 반성이 이제 범시민 운동으로 번지고 있습니다.

새로운 안목은 새만금 간척의 꿈이 인간의 교만과 탐욕의 허상 말고 아무것도 아니라고 말합니다. 새만금은 전형적인 개발 성장 논리에 기초한 생태계 파괴의 전형입니다. '갯벌은 버려진 땅'이라는 그릇된 인식의 소산입니다. 내륙과 갯벌과 바다가 서로 유기적으로 생명 활동을 하면서 하나의 거대한 지구 생명 이룸을 알지 못하는 무명과 무지의 산물입니다. 새만금 갯벌은 이미 다 훼손돼 버린 한반도의 가장 크고 잘 발달된 생명의 보고입니다. 유일한 희망입니다. 그래서 목숨 걸고 호소하는 것입니다."

— 김경일 교무 〈나는 왜 삼보일배에 나서는가〉 중

●

새벽부터 부슬부슬 봄비가 내렸습니다. 빗물이 바닥으로 스며들어 이불과 침구가 다 젖어 버려서 하는 수 없이 실내로 대피했습니다. 일기 예보에 따르면 종일 비가 내리다가 밤에 그친다고 합니다.

덕분에 순례단은 하루를 쉬게 됐습니다. 그동안 새벽 여섯 시에 일어나 종일 걷다가 잠자리 준비하고, 저녁 먹고 점검 회의하고, 이런저런 일들을 하다 보면 밤 열한 시, 열두 시가 후딱 지나갔습니다. 모두 피로가 산처럼 쌓였는데 오늘은 밀린 잠도 자며 조금 쉴 수 있습니다. 그러나 이제부터는 비가 오더라도 삼보일배 순례를 계속하기로 해서 오늘 같은 휴일이 또 언제 돌아올지 모르겠습니다.

●

'물사랑' 모임의 서지희 씨는 모두 정말 힘들어할 줄 알았는데 육체적 고통을 초월한 듯 밝은 모습을 보고 너무너무 놀랐다고 합니다. 순례 후 저녁 내내 얘기꽃을 피웠습니다. 낮에 따라 불렀던 노래 〈도요새〉가 참 좋았다고 합니다.

바다를 가로막아 무엇에 쓰려나
옛날부터 바다가 그대로 논밭인데
갯벌을 모두 메워 무엇을 만드나
옛날부터 갯벌이 그대로 공장인데

도요 도요 도요새 도와 달라 외치네
아아 천만금 주고도 바꿀 수 없는 바다여 갯벌이여
아— 생명의 터전 우리가 우리가 지킨다

동진강 만경강은 흘러서 어디로
김제 들판 적시며 그대로 젖줄인데
백설이 내려앉은 소금은 어디서
옥구염전 알알이 그대로 보석인데

도요 도요 도요새 다시 볼 수 있을까

아아 천만금 주고도 바꿀 수 없는 바다여 갯벌이여

아— 생명의 터전 우리가 우리가 지킨다

— 고규태 시인 작사 / 범능 스님 곡·노래

●

새만금 간척 사업은 우리의 욕망이 빚어 낸 비극이며, 우리 문명의 속성이 그대로 드러난 모습입니다. 이를 극복하려면 자연을 거스르는 것이 인간의 진보라는 생각과 욕망을 근본적으로 바꿔야 합니다. 새만금 간척 사업처럼 두드러지게 보이는 것 말고도, 우리 삶 속에서 자연을 거스르고 생명을 소홀히 하고 우리의 편리를 위해 생명을 도구화하려는 사례가 너무나 많습니다. 이에 대한 근본적인 성찰과 삶의 변화가 없이는 제2, 제3의 새만금 간척 사업이 계속 생겨날 것입니다. 결국, 새만금 갯벌 죽이기는 우리 시대 모든 사람과 나 자신의 책임입니다. 이를 참회하려 참여했습니다.

모든 환경 문제는 인간의 욕망을 어떻게 관리하느냐의 문제입니다. 공업화 중심으로 자연을 거스르는 현재의 문명을 바꾸지 않고서는 지금의 환경과 생태계 위기를 극복할 수 없습니다. 그러므로 현재의 사회 체제를 근본적으로 바꾸는 새로운 문명적 대안을 찾아야 합니다. 정말로 건강하고 행복한 삶은 어떤 것인지, 진보는 어떤 것인지 성찰해 보아야 합니다. 결국, 삶 자체가 단순할수록 풍요롭고 건강하고 지속 가능하다는 것을 인식해야 합니다.

이라크 침략 전쟁은 물질 중심의 문명사회에서 더 많은 권력과 자원을 소유하려는 욕망의 쟁탈전입니다. 석유 자원을 빼앗고자 벌인 전쟁입니다. 자원이 없으면, 가진 것이 없으면 불행하다는 사고방식과 물질적 편리함이 없으면 불안한 심리가 전쟁을 초래했습니다. 우리는 석유 문명과 핵 발전에 의존하지 않고서도 건강하고 행복할 수 있다는 대안을 제시해야 합니다. 인위적인 풍요를 추구하면 경쟁과 갈등이 초래되지만, 덜 쓰고 단순하고 소박한 삶을 추구하면 자연과 공존하는 지속 가능한 삶을 살 수 있습니다. 우리를 먹여 살리고 길러 주는 자연에 의지해서 살아갈 때 새만금 간척 사업과 전쟁과 인간 소외를 극복할 것입니다.

— 이병철 녹색연합 대표

●

아침부터 황사 때문에 온 세상이 희뿌옇게 보입니다. 숨쉬기가 힘듭니다. 순례자들이 절하면서 연신 잔기침을 합니다. 아스팔트에 깔린 매연과 먼지 때문입니다. 마음 같아서는 방독면이나 산소 호흡기라도 달아 주고 싶습니다.

●

오늘은 휴일이라 많은 분이 순례단을 찾아 주었습니다. 미안한 마음에 군산에서 여섯 시간을 밤새도록 걸어 순례단을 찾아온 청년이 있습니다. 장흥환경운동연합 회원들은 싱싱하고 맛있는 키조개를 가지고 세 시간 반을 달려 찾아왔습니다. 풀꽃세상 회원들과 미군장갑차여중생살인사건범국민대책위원회 사람들도 오고, 당진환경운동연합 사무국장은 가족과 함께 순례에 참여했습니다. 오후에는 부안성당 수녀님과 신도 이십여 명이 순례에 참여했습니다.

●

모처럼 맑고 화창한 봄볕을 느끼는 날입니다. 길가에는 작고 예쁜 하늘색 꽃마리가 융단을 깔아 놓은 듯합니다. 민들레와 제비꽃, 양지꽃, 현호색…, 가지각색의 꽃도 많이 봅니다. 산에는 붉은 진달래 말고도 산벚나무꽃이 연분홍빛으로 피었습니다. 나무의 새순도 막 돋아나 알록달록 예쁜 수채화를 그려 놓은 것 같습니다. 부지런한 농부들은 벌써 논을 갈고 물을 대 한 해 농사를 위해 모심을 준비를 합니다.

●

보령도서관에서 일하는 여성이, 어제 오후 늦게 선발대가 잠잘 곳을 찾으러 남포읍성 주변을 돌아다니는 것을 발견하고는, 자기 집을 숙소로 내주겠다고 했습니다. 마음만 받기로 했습니다. 집에서 풀어 키우는 닭이 낳은 싱싱한 유정란 한 판은 고맙게 받았습니다.

보령보건소 구내식당에서 일하는 아주머니는 음료수라도 사 먹으라며 후원금을 주셨고, 지엠GM대우자동차 종합 전시장에서는 순례단이 길가에서 쉴 때 18리터짜리 생수를 내주었습니다.

시내를 벗어나자 커다란 고개가 나왔습니다. 삼보일배는 오르막길도 힘들지만 내리막길이 더욱 힘든데, 오늘은 출발하자마자 몸도 덜 풀린 상태에서 험난한 고갯길을 만났습니다. 지나다니는 차량이 많고 공기도 나빠 이중 삼중으로 힘든 순례자들이 연신 가쁜 숨을 내쉬며 많은 땀을 흘립니다. 고개를 거의 다 내려올 즈음 근처 대동공업 보령 대리점에서 음료수 두 상자를 내주어서 갈증을 식혔습니다. 조금 더 내려오자 이번엔 대성콜밴에서 일하시는 분들이 나와 음료수 한 상자를 줍니다. 참 고맙습니다.

●

순례 21일째인 4월 17일에는 대승사 주지 스님과 신도들이 '자연을 사랑
하자', '세계 평화', '남북통일' 기원문이 적힌 예쁜 연등을 들고 순례단에
합류해서 행렬이 커졌습니다. 편도 2차선 도로에 차가 잔뜩 주차돼 힘겹
습니다. 아침 출근 시간에 비좁은 길을 막고 지나가니 교통 정체가 심했
지만, 운전자 항의는 한 번도 없었습니다.

점심 무렵에는 멀리 서울 조계사에서 주지 스님과 동자승 열두 명이
순례단을 방문해 함께 걸었습니다. 어린 동자승들은 아직은 장난을 좋아
하는 개구쟁이 모습이 역력했지만 "새만금 갯벌을 살려 주세요"라고 우
렁우렁하게 외쳐 주었습니다.

●

점심 먹고 쉬는 시간, 수경 스님은 손님들로 북적거리는 천막에서 벗어나
조금 떨어진 전봇대 그늘 아래에 더위를 피해 잠깐 앉았습니다. 그러더니
어느 틈엔가 스르르 잠이 듭니다.

•

열한 살 자훈이는 학교에 현장 학습을 신청하고 오늘 내내 순례에 참가했습니다. 자훈이는 바다 갯벌에 방조제를 만들면 천연기념물 같은 새들이 다 사라지니까 막고 싶어 순례에 참여했다고 합니다.

•

새벽부터 짙은 구름이 잔뜩 몰려오고 습기를 머금은 바람이 붑니다. 비가 온다는 일기 예보에 트럭 짐을 단단히 덮는 등 만반의 준비를 하고 출발합니다. 오전 9시, 대천대학을 지날 무렵 빗방울이 후두둑 떨어집니다. 준비했던 비옷으로 재빨리 갈아입고 계속 나아갑니다. 빗줄기가 점점 굵어지며 나중에는 번개와 천둥까지 동반한 장대비가 쏟아졌습니다. 모두 옷과 몸이 빗물과 땀으로 금세 흠뻑 젖고 쉴 자리도 마땅치 않았지만, 삼보일배는 멈추지 않았습니다.

●

개구리 한 마리가 폴짝폴짝 뛰면서 4차선 도로를 건넙니다. 차들이 다니는 길을 무사히 건널까 걱정스레 지켜보는데 대형 트럭 한 대가 굉음을 울리며 달려왔습니다. 속도를 낮추라고 손짓 신호를 보내고 개구리가 무사하기를 기도했지만, 트럭은 속도를 늦추지 않았습니다. 트럭이 지나간 후 개구리는 온몸이 터져 죽었습니다. 아무런 이유도 없이 트럭에 깔린 개구리를 위해 잠시 묵념해 주었습니다. 개구리는 비가 오면 지열이 남은 아스팔트 도로 위로 많이 나옵니다. 그런 개구리들이 억울하게 죽지 않고 사람과 함께 잘 사는 세상은 언제 올까요?

●

어제에 이어 계속 비가 내립니다. 어제는 길가에 개구리들이 마중을 나오더니 오늘은 곳곳에 지렁이들이 비 구경을 나와서 한 걸음 한 걸음 내딛기가 어렵습니다.

뭇 생명과
더불어 사는 세상을 위해

●

인간은 인간 이외의 모든 종이 인간을 위해 희생당하는 것이 당연한 듯 여깁니다. 이것이 과연 옳은 태도일까요? 다른 모든 생물종을 멸절해서라도 지켜야 할 만큼 인간의 생명은 값어치 있는 것일까요?

신문 지상에 나도는 인간의 행위는 '벌레만도 못하다'고 할 정도로 구질구질할 때가 많습니다. 벌레들 세상에 그런 파렴치함이 있는지 없는지 모르겠지만 지금까지 인간들이 같은 인간에게는 물론이고 다른 생물종에 저지른 행위를 보면 그보다 더한 말을 해도 싸다고 할 것입니다.

한번 생각해 보면 좋겠습니다. 만약 다른 생물종이 없다면 인간의 존엄성이란 것을 어디에서 찾겠는가를. 존엄성은 고사하고 생존 자체가 불가능합니다. 인간뿐 아니라 모든 존재는 서로 의지해 이 세상에 발붙여 삽니다. "나는 생각한다, 고로 존재한다"가 아니라 "네가 있어 내가 있다"입니다.

따라서 우리의 이웃은 인간을 넘어 모든 존재에게로 확대돼야 합니다. 뻘 위를 기어 다니는 한 쌍의 고둥을 위해 내 목숨을 내놓을 수 있음은 그러므로 결코 과격한 환경론자의 고집일 수 없습니다. 그것은 그동안 인간이 생태계에 저지른 씻을 수 없는 죄업에 대한 참회의 몸짓이요, 모든 존재의 평화와 화합을 기원하는 간절한 기도이기도 합니다.

— 황대권 생태공동체운동센터 대표 〈생태계에 참회하는 몸짓〉 중

●

광천 읍내를 막 벗어나 길가 소공원에서 잠시 쉬는데 바로 옆에서 공공
근로로 공원 관리를 하던 아주머니가 허리춤에서 꼬깃꼬깃한 만 원짜리
몇 장을 꺼내 줍니다. 당신이 종일 땀 흘리고 받은 대가보다 많은 돈이었
습니다. 받으려 하지 않는데 한사코 손에 쥐어 주는 그 마음을 뿌리칠 수
없습니다. 따라온 백합과 짱뚱어와 말미잘과 농발게 들이 고맙다고 인사
했습니다.

●

충남 홍성와이엠시에이YMCA(기독교청년회) 회원들이 왔습니다. 장성순
이사장은 남 일 같지 않다고 했습니다.

> "우리 홍성에도 간척지인 천수만이 있는데, A·B 지구가 다 막혀
> 어류 산란지 기능이 사라지고, 천수만 전체가 썩어 버렸습니다. 새
> 만금 간척 사업은 당장의 이익 때문에 장기적인 이익을 버리는 일
> 입니다. 천수만 A·B 지구의 방조제를 터서 천수만을 살리고 지역
> 주민이 더욱 잘살게 됐으면 하는 생각이 간절합니다. 개발하면 이
> 익이 돌아온다고 새만금 간척을 찬성하는 사람들이 있는데 오히려
> 정반대의 상황이 발생할 수 있습니다."

●

자연을 파괴하면서 생산되는 부의 분배는 불평등하지만, 자연의 파괴가 가져오는 오염의 영향은 부유한 자나 가난한 자에게 차별 없이 평등하게 다가옵니다. 어느 누구도 더럽혀진 물과 탁한 공기를 피할 수 없다는 사실을 자각해야 합니다. 경제적으로 여유가 생기면 그때 가서 자연환경을 생각하자고 말할지도 모릅니다. 자연 보호도 좋지만 지금은 경기 활성화가 우선이라고 우길지도 모릅니다. 그러나 한번 입은 자연의 상처를 훗날 치유한다는 건 불가능합니다. 환경 보호에 경제 논리를 들이댄다면 살아남을 자연은 없습니다. 자연과 더불어 인간답게 살려면 자유 민주주의와 자유 시장 경제하에서도 규제할 것은 엄격하게 규제해야 합니다. 환경 보호를 위한 규제는 강하면 강할수록 좋습니다.

— 하태훈 고려대 법대 교수 〈개발 논리에 숨 막힌다〉 중

●

오늘은 4월 22일, 지구의 날입니다. 근대 산업 문명이 등장한 이후 지구 환경이 점점 오염되고 야생 동식물이 멸종돼 가자 지구 환경 보전의 중요성을 일깨우고자 제정된 날입니다. 세계 곳곳에서 다양한 행사가 벌어지는데 우리나라에서도 서울을 비롯한 여러 곳에서 '차 없는 날' 등 행사가 진행됐습니다. 오늘 하루만큼은 지구의 고통과 고마움을 생각해 보면 좋겠습니다.

●

한 초등학교 선생님은 아이들에게 갯벌에서 조개도 캐고 머드팩도 한다고 꼬드겨 왔다고 합니다. 아이들은 순례단과 함께 걷는 것을 힘들어하고 짜증을 내면서 언제 돌아가냐고 보챘다고 합니다. 새카맣게 얼굴이 그을리고 수염 난 신부님과 스님이 무섭고 이상해 보여 다가가지도 못했다고 합니다. 그런데 차츰 시간이 지나면서 펼침막도 들고 가고, 쉬는 시간에는 순례자들의 팔다리를 주물러 줍니다. 나중엔 하룻밤만 자고 가자며 선생님을 졸라 댑니다. 금세 밝아지고 건강해지는 아이들 모습이 참 예쁘고 소중합니다.

•

예산에서 농산물 수집상을 한다는 사내가 트럭을 타고 지나다가 순례단에게 적지 않은 돈을 전해 주었습니다. "건강하게 잘 진행하기를 바라며, 앞으로 지속해서 관심을 가질 테니 소식지라도 보내 달라"고 했습니다. 홍성 한광운수 택시 기사도 음료수 두 상자를 건네주고 갔습니다. 읍내 초입에 있는 조양용달에서는 순례단이 점심시간에 밥을 먹고 쉬도록 마당과 사무실을 내주었습니다. 그간 뭐라도 내준 이들은 모두 평범하고 소박한 사람들이었습니다.

•

금강 하굿둑에서 헤어져서 전라북도를 한 바퀴 돌고 온 김경일·전세중 교무와 이희운 목사, 용묵 스님이 전북 지역 순례단과 함께 건강한 모습으로 도착했습니다. 전북도청 앞에서는 500여 명의 순례단이 함께했다고 합니다. 삼보일배 13일째인 4월 9일부터 2주일 동안 떨어져 있던 터라 헤어졌던 가족을 만난 듯이 서로 얼싸안고 기뻐합니다. 그동안 어떻게 지냈는지, 몸이 아픈 곳은 없는지 서로 안부를 묻느라 한동안 시끌벅적했습니다.

●

순례 28일째인 오늘은 '새만금 갯벌 생명 파괴 참회의 날' 행사를 했습니다. 홍성군에서 예산군으로 들어가는 경계에 있는 휴게소에서 오영숙 수녀의 사회로 진행했습니다. 불교환경연대 집행위원장 세영 스님과 기독교환경연대 사무총장 김영락 목사, 원불교 천지보은회 대표 이선종 교무, 천주교환경연대 대표 유영훈 신부 등 불교·기독교·원불교·천주교 4대 종단 대표들이 종교를 넘어 사람·생명·평화의 길을 위해 함께한 소중한 자리입니다. 네 분의 말은 모두 한결같았습니다.

"애초에 농지를 조성하겠다는 목적이 상실됐고, 어떠한 수단을 동원해도 간척 호수의 수질 개선이 어려운 만큼 새만금 갯벌에서 사는 무수한 생명을 파괴하며 해양 생태계를 교란하고 주민의 생존권을 박탈하는 간척 사업을 당장 중지해야 합니다. 미래 세대를 위해 지금 당장 탐욕과 어리석음을 중단해야 합니다."

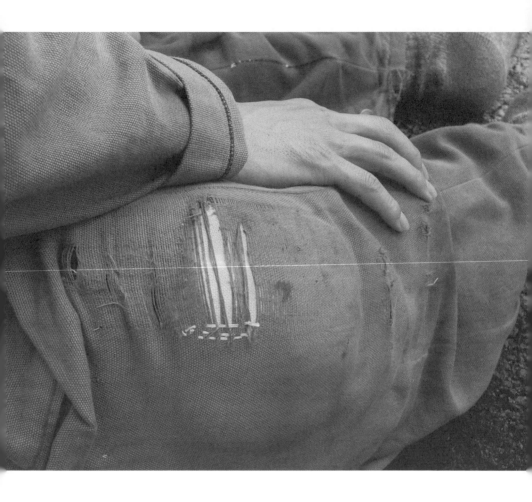

●

비바람을 맞으며 무리한 일정을 진행해선지 진행팀 두 명이 몸 상태가 좋지 않습니다. 아직은 심하게 아프지 않지만 쉬기로 했습니다. 나머지 사람들도 다들 피곤한지 저녁을 먹자마자 초저녁부터 불 끄고 곧바로 잠자리에 들었습니다. 날마다 하던 평가 회의도 하지 않았습니다.

●

서울에서 새벽차를 타고 온 여성은 세수하고 발 닦은 물을 버리지 않고 변기 물을 내리는 데 사용하는 등 평소에도 환경을 위해 노력한다고 합니다. 언론과 인터넷에서 삼보일배를 알게 됐는데 인간만이 생명이 아니라는 것을 새삼 느끼고 가슴이 울컥해져서 오게 됐다고 합니다.

●

도로에서 죽은 소쩍새 한 마리를 보았습니다. 어젯밤 모두 잠든 시간에
가까이서 큰 소리로 울던 소쩍새 한 마리가 있어 마음 동무 삼았는데 혹
시 그 소쩍새가 아닐까 하는 생각에 종일 마음이 편치 않습니다. 길이 넓
어진 것과 비례해 도로에 죽은 동물도 늘어납니다. 길이 넓어지고 곧아
지면 사람들은 몇 분 더 빨리 목적지에 닿게 될지 모릅니다. 하지만 야생
동물에게는 서식지가 단절되고 교통사고 위험만 증가하는 재앙이 닥칩니
다. 사람이 걸어가는 것을 보고도 속도를 줄이지 않는 운전자들에게 동물
의 안전까지 바라는 것은 너무 큰 욕심일까요?

●

푸름이기자단 아이들이 순례자들을 따라 삼보일배를 직접 해 보았습니
다. 아이들 딴에는 재미있고 흥미로워 보였나 봅니다. 어제 새만금 관
련한 다큐멘터리 영화도 보고 새만금 갯벌의 중요성도 이야기 들었답니
다. 한 이삼십 분쯤 하더니 얼굴이 새빨개지며 힘들다고 아우성칩니다.

●

4월 26일, 순례 32일째 저녁에는 온양 용화동성당 마당에서 원불교 대각 개교절 기념식과 문화 행사를 했습니다. 원불교가 열린 후 88년 만에 처음으로 천주교 성당 마당에서 기념식을 하게 된 뜻깊은 날입니다. 이날을 열어 준 것은 새만금 갯벌의 새와 게와 짱뚱어 들이었습니다. 이라크 전쟁터에서 무고하게 죽어 가는 소년 소녀였습니다. 김현 교무의 경축사는 간결했지만 강인했습니다.

"20세기에는 과학 기술의 발달로 물질문명의 개벽이 있었다면 21 세기에는 정신도 개벽해야 합니다. 과학과 물질문명은 삶을 유용하게 하지만 이에 너무 정신을 빼앗기면 집착이 생기고 고통이 따릅니다. 그러므로 21세기에는 인간이 과학을 선용하며 상생·평화·통일·생명이 조화를 이루는 새로운 문명 세계가 열려야 합니다. 20세기의 온갖 병폐가 뒤엉켜 시작하는 21세기를 맞고 있지만, 새벽이 오려면 더 깊은 어둠이 있듯 결코 절망해서는 안 되며, 삼보일배를 통해 새로운 희망을 보아야 합니다. 삼보일배를 하시는 분들의 정신이 건재하는 한 21세기는 희망이 있을 것입니다. 삼보일배는 문명의 새로운 개벽을 여는 장정이 될 것이며 생명의 예언적 거사가 될 것입니다. 새만금 간척을 강행하고 핵에너지에 의존하는 국가 정책이 바뀌어야 합니다. 전쟁으로 약소국을 위협하고 새로운 살상 무기로 인류 평화를 위협하는 강대국 등이 새로운 각성으로 문명이 전환돼야 합니다."

●

웬 트럭 한 대가 서더니 꿀물 한 상자를 내주십니다. '지역 농사꾼'이라고 했습니다. 자신이 해야 할 일을 대신 해 줘서 고맙다고 합니다. 순례단의 차림새를 찬찬히 보더니 삼보일배 하기에 좋을 거라며 무릎을 푹신하게 덧댄 자신의 작업복 바지 한 벌도 내주고 갔습니다.

●

봄비 덕분에 물을 충분히 확보한 농부는 한 해 농사를 준비하느라 부지런히 논을 갈고 있습니다. 길가 은행나무의 잎도 더욱 푸르러지고 싱싱해 보입니다. 금강을 건너 충청도로 들어올 때만 해도 은행잎이 돋지 않았는데 어느새 잎이 나고 꽃을 피웠나 봅니다. 어제 불어온 비바람 때문에 제 할 일을 다 한 은행나무 꽃이 도로 위에 수북하게 떨어져 있습니다. 자연의 모든 생명은 한껏 제 삶의 가치를 다하고는 순리에 따라 져 갑니다. 철 따라 꽃 피고 열매 맺는 법을 배우지 못하거나, 그 기회마저 빼앗겨 다수가 평생을 자기로부터도 소외된 존재로 살아가야 하는 건 아마 사람이 유일할 것입니다.

●

온양 시내를 막 벗어나 길가에서 쉬는데 혜원사 쑥뜸원에서 차라도 마시고 가라며 따뜻한 유자차를 한 주전자 내주었습니다. 조금 더 가니 풍기 민속식품 아주머니가 떡을 두 접시 내줍니다. 사람들이 안 먹어도 배부르다는데 정말 똑같은 마음입니다. 선한 사람들을 만나면 먹지 않아도 배가 부르며 힘이 불끈불끈 솟습니다.

●

서리가 내리고 찬바람이 불던 삼월에 순례를 시작했는데, 벌써 산과 들이 초록으로 고운 봄의 한복판입니다. 당신은 어떤 계절을 맞고 있는지요?

●

"온 세상의 생명 평화와 새만금 갯벌을 살리기 위한 삼보일배를 시작하겠습니다." 아침을 여는 소리입니다. 약 500미터, 대략 30분 정도씩 삼보일배를 진행하면서 순례자들 몸에 땀이 다시 흥건해지며 피로가 쌓이면 "여기에서 잠시 쉬었다 가겠습니다"라고 외치는 소리가 들립니다. 잠깐 한숨 돌린 대열이 출발을 위해 정비하면 다시 어김없이 선두로 나와 외치는 그 목소리는 녹색연합 박인영 간사의 가슴에서 울려 나옵니다. 쌀쌀했던 3월 28일 초봄부터 강한 뙤약볕으로 피부가 뜨거워지는 초여름까지, 맑고 우렁찬 목소리로 긴 행렬을 안내하는 박인영 간사의 목소리가 참 고맙습니다. 그렇게 앞장서 걸으며 순례단의 안전을 지키고, 멈춰 서 준 차량에게는 감사하다는 인사를 잊지 않아야 합니다. 쉬려고 멈춘 거리나 공터에서 삼보일배를 왜 하는지 묻는 시민들에게 진실한 표정과 자세로 삼보일배의 정신과 새만금 간척 사업의 부당성과 제방 공사를 조속히 중단해야 하는 당위성을 또박또박 설명해야 하는 일도 그의 일이었습니다. 그의 맑은 목소리가 어떤 비타민보다 더 힘 있게 순례단을 지켜 줍니다.

●

5월 1일, 드디어 아산을 벗어나 천안시로 접어듭니다. 점점 서울이 가까워지면서 도시 구간이 많아집니다. 오늘 아침에는 특히 정체가 심했습니다. 순례단 뒤로 차들이 줄지어 늘어서 천천히 움직이는데 자동차들도 우리처럼 순례길에 나선 것 같습니다.

●

순례단 옆에서 서행하며 거칠게 빵빵거리고 삿대질하며 욕을 퍼붓고 가는 운전자가 있는가 하면, 차창을 열고 "힘내세요" 소리쳐 주고 가는 운전자도 많습니다. 충남 7X 2060 트럭 운전자는 멈춰 서서 "애 많이 쓰시는데, 물이라도 사 드세요"라며 후원금을 주고 갑니다. 경기 38X 7864 승용차를 타고 온 분들은 "며칠 전 티브이TV 뉴스를 보았는데 감동이었다. 고생 많다"며 물과 음료수 세 상자, 초콜릿 한 상자를 전해 줍니다. 이름을 알려 달라니 '지나가는 여인들'로만 해 달랍니다.

●

하루 일정을 마친 뒤에도 진행을 맡은 실무진의 일은 멈출 수 없습니다. 삼보일배 첫날부터 무릎에 이상이 생긴 순례자들에게 침을 놓고 뜸과 부항을 뜨는 일, 잠시 참여했다 돌아가는 이들을 배웅하는 일, 숙소 둘레를 청소하고 정리 정돈하는 일, 다음 일정에 차질 없도록 물품을 챙기고 준비하는 일, 그리고 밥과 찬을 싸 들고 오는 고마운 사람들과 끼니를 준비하고 치우는 일이 종일 이어집니다. 환경운동연합 마용운 씨도 쉴 틈이 없습니다. 도로에서 밀리는 차들을 유도하랴, 방문한 인사들과 주변 소식을 디지털카메라로 사진을 찍고 취재하랴, 일행들마저 곯아떨어진 이후에도 순례 누리집에 '하루 소식'을 빠지지 않고 게시하랴, 피곤할 틈도 없습니다. 진행팀은 이렇게 온종일이 삼보일배입니다.

●

이라크와 요르단을 다녀온 신성국 신부가 순례에 참여했습니다. 전쟁을 반대하고 평화를 염원하는 인간 방패를 자원해 3월 26일부터 4월 22일까지 바그다드가 함락되기 직전까지 그곳에 머물렀다고 합니다.

"후세인 동상을 무너뜨리고 환호하는 이라크 국민의 마음에는 미국에 대한 강한 분노와 울분이 함께 존재합니다. 미국이 전쟁에는 이겼지만 이라크 지배에는 성공하지 못할 것입니다. 유엔UN의 승인도 받지 않고 독선과 독단으로 전쟁을 일으켜 다른 나라를 지배하려는 미국이 어떻게 이라크의 후세인 독재를 무너뜨리고 민주화를 가져오겠다고 이야기할 수 있는가요? 후세인이 이라크의 독재자라면 미국은 전 세계의 독재 국가가 아닐까요? 이럴 때일수록 우리도 평화를 위해 단합하고 일치된 목소리를 내어 한반도 평화는 우리 손으로 지켜야 합니다. 그리고 이라크 침략 전쟁으로 파괴된 건물은 재건이 가능하나, 자연은 한번 파괴되면 복원이 불가능합니다. 새만금 갯벌을 살리는 일은 한반도의 평화와 전 지구 공동체의 생명과 평화를 지키는 중요한 일입니다. 후손과 미래를 위해 새만금 갯벌은 보전돼야 합니다."

●

현대 문명은 약탈의 문명입니다. 에너지 소비로 경제 체제가 유지되고 성장하는 현대 문명은 에너지를 얻기 위해 폭력을 수반합니다. 세계 4퍼센트의 인구를 가진 미국은 세계 에너지의 25퍼센트를 소비합니다. 당연히 에너지를 위해 전쟁도 불사합니다. 이라크에 석유가 소진되면 또 다른 트집을 잡아 사우디를 침략하지 않을까요. 그러니 악의 축은 이라크나 북한이 아니라 에너지 소비에 의존하는 현대 자본주의 그 자체이고, 자기 성찰 없이 맹목적으로 달려가는 현대 문명입니다.

자연을 약탈하고 이웃을 약탈하는 약탈의 문명이 언제까지 유지될까요. 잉카 문명이 망한 것은 개발에 개발을 더해 농지의 지력이 떨어지고 숲이 황폐해졌기 때문이었습니다. 지구 온난화 방지를 위한 도쿄협약에 비준을 거부한 미국은 정말 자기 성찰을 포기한 문명입니다. 현대 문명의 아이로 태어나 에너지 소비에 길들고, 무한 경쟁 체제에서 공존을 모르는 우리는 미국 중심의 세계에서 살아남기 위해 끊임없이 전략적 선택을 하다가 결국은 미래를 반납해야 하는지도 모릅니다. '전략적 선택'이라는, 어쩔 수 없는 그 슬픈 말에 무력하게 동의하지 않으려면 파괴에 둔감하고 절제를 모르는 자본주의적 욕망을 근원적으로 성찰하지 않으면 안 됩니다. 걸음걸음마다 '나'를 돌아보는 삼보일배의 정신으로 다시 태어나야 합니다.

— 이주향 수원대 교수 〈말의 힘은 삶에서 온다〉 중

●

경북 양산 천성산 도롱뇽 지킴이 지율 스님도 순례에 참여했습니다. 스님은 경부고속철도의 천성산 관통 터널 건설 반대를 위해 2003년 2월 5일부터 3월 14일까지 38일간 단식했습니다. 천성산 노선을 전면 재검토하겠다는 정부의 약속을 받고 단식을 중단했지만, 노선은 재검토되지 않았습니다. 노선 재검토 위원회는 정부의 '기존 노선 고수'를 정당화하는 구색 갖추기에 불과했습니다. 천성산 도롱뇽은 새만금 갯벌 농게와 다름없는 생명이었습니다.

●

지율 스님은 이후 2003년 10월 4일부터 11월 17일까지 45일과 2004년 6월 30일부터 8월 26일까지 58일간에 이르는 긴 단식을 이어 갔습니다. 스님은 '천성산 도롱뇽'을 원고로 한 고속 철도 공사 착공 금지 가처분 신청을 울산 지방법원에 내기도 했습니다. 도롱뇽을 돕는 소송인단으로 참여한 서명자는 20만 명을 넘었지만, 한국 법원은 '도롱뇽'은 원고가 될 수 없다는 까닭으로 가처분을 기각했습니다.

2004년 8월 26일, 3차 단식 58일째에 환경부와 '도롱뇽 소송 시민행동' 간에 합의가 이루어졌습니다. 환경부와 시민행동은 천성산 터널 공사가 고산 습지에 어떤 영향을 미치는지 '전문가 검토'를 거치고, 환경 영향 평가 제도의 개선 방안 마련을 위해 공동 연구팀을 구성한다는 약속에 이르렀습니다. 대법원 판결까지 공사와 단식을 중단하고 양자 모두 법원의 재판 결과에 승복한다는 합의였습니다.

이 또한 사회적 여론을 잠재우고 공사를 강행하려는 과정임이 확인됐습니다. 대한민국 대법원 형사3부는 2009년 4월 23일 천성산 구간의 공사를 방해한 혐의로 기소된 지율 스님에 대한 상고심에서 징역 6월에 집행 유예 2년을 선고한 원심을 확정했습니다. 1·2심은 "피고인이 공사를 방해한 동기가 아름다운 자연이 파괴되는 것을 막기 위한 것이라고 하더라도, 사회 윤리 내지 사회 통념에 비춰 볼 때 공사 현장에 무단으로 들어가 굴삭기 앞을 가로막는 등 공사를 방해한 수단이나 방법이 상당하다고 보이지 않는다"고 했습니다. 또 "피고인의 행위로 국책 사업인 고속 철도 공사가 중단됨으로써 침해되는 이익이 피고인이 보호하려는 이익과

균형 관계에 있다고 단정할 수도 없다"며 "피고인이 주장하는 이익 보호를 위해 한 행위가 긴급을 요하거나 이외에 다른 방법이 없었다고 보이지도 않는다"고 했습니다.

천성산 도룡뇽들은 자신을 변호해 줄 사람을 더는 찾을 수 없었습니다.

●

한국해양연구소 제종길 박사는 "우리 과학자가 제대로, 양심적으로 일했더라면 순례자들이 저렇게 힘든 일을 하지 않으셔도 되는데"라며 미안해했습니다.

"지금 새만금 문제만큼은 모든 방법론과 이념을 초월해 관련 전문가와 단체가 힘을 합치고 뭉쳐야 합니다. 순례자들은 새만금 갯벌의 무수한 생명을 살리자는 메시지도 전해 주지만, 조그만 의견 차이로 단결하지 못하던 우리에게도 어떤 메시지를 주는 것 같습니다."

●

종교가 다른 순례자들이 종파를 넘어 불교 수행의 형식을 따르며 함께 삼보일배 하는 것을 보며 '대지가 참 위대하다'는 생각이 듭니다. 새만금이라는 극적인 계기가 없이는 있을 수 없는 일입니다. 순례자들은 기도하고 뒤따르는 우리는 통곡하며 가는데, 그것이 절망의 통곡이 아니고 희망을 잉태한 통곡 같습니다. 이 작은 움직임이 전국을 움직일 지렛대가 될 것입니다. 우리가 어떤 사안에 관해 싸울 때는 과격해지기 쉬운데 삼보일배는 자신을 겸손하게 만드는 힘으로 더 큰 목소리를 보여 준다는 점이 놀랍습니다.

— 전재경 한국법제연구원 박사

●

시간이 날 때마다 순례에 참여한 풀꽃세상 박병상 박사는 새만금 갯벌은
세계 어디를 가도 볼 수 없는 천연 갯벌로 꼭 보전해야 한다고 합니다.
우선 방조제 공사를 중단시키고, 갯벌이 건강해지도록 방조제 중간중간
을 뚫어 바닷물 흐름을 도와준다면 지역 주민과 후손들은 갯벌 그 자체를
즐기며 이용할 수 있을 거라고 합니다. 갯벌은 단순한 뻘이 아니라 그 뻘
속에 수많은 생명의 씨앗을 품고 있어 자궁의 기능과 함께 바다의 콩팥과
허파 역할을 해 준다고 합니다. 그래서 외국에서는 매립된 뻘을 다시 바
다로 되돌려주는 활동이 활발하다는 다른 세상 이야기를, 함께 걷는 사람
들에게 들려주었습니다.

●

길가 주유소를 만나면 참새가 방앗간을 그냥 지나지 않듯 쫓아 들어가 큰 일 작은 일 다 보고 나옵니다. 오늘은 이도 닦고 세수도 하려는데 아르바이트 직원으로 보이는 젊은 청년이 들어오려다 웬 시커먼 사내가 있는 것을 보고 화들짝 놀랍니다. 삼보일배 순례단이라고 하니 "힘들지 않냐? 앞에서 절하시는 분들은 무릎 아프지 않으시냐? 고생 많이 하신다"고 합니다. 볼일을 마저 보고 나오는데 청년이 주유소 안 편의점으로 얼른 들어가서 음료수 깡통 두 개를 들고 나옵니다. 청년 덕분에 하루를 아주 행복하게 시작했습니다.

"오늘 200킬로미터를 돌파한다니 감회가 새롭습니다."

순례 36일째. '길 위의 신부'로 불리는 문정현 신부가 얘기했습니다.

"처음에는 3월 28일이 오는 게 무서웠고 겁이 났어요. 이 사람들에게 한 말이 '삼보일배는 안 된다. 못 한다'였어요. '차라리 다비식을 해라. 장작은 내가 쌓아 놓고, 불을 붙여 주마' 했어요. 삼보일배는 도저히 불가능한 일이니까. 충청도는 건너갈 수 있을까 했는데 이제는 '어! 서울을 가네. 그러나 서울까지 가도 아무 움직임이 없을 텐데 어떡하지?' 그 걱정이 들어요. 새만금 갯벌에서 청와대까지 왔는데 아무 일도 없으면 그냥 물러날 수 있나요? 과천 정부청사에도 가고, 여의도 국회의사당에도 가고, 광화문과 효자동 일대에도 가서 삼보일배를 해야겠죠. 그걸 다 견디겠냐? 죽지 않겠냐? 그러다 보면 저절로 다비식이 되겠어요."

문정현 신부는 1986년부터 30여 년 동안 버림받거나 오갈 곳 없는 지적 장애아들의 아버지였습니다. 성당 옆 창고를 치우고 집 네 채를 지으며 아픈 아이를 데려와 함께 살았습니다. '작은 자매의 집'이었습니다.

"장수군에 있는 장계성당의 신부로 있을 때 농촌 마을에 갔다가 예 닐곱 살쯤 돼 보이는 지적 장애아가 아무도 없는 집 마당 감나무에 묶여 있는 걸 보았어요. 그 옆에는 밥을 담은 양푼 그릇이 뒤집혀 있고 얼굴은 음식으로 범벅이 돼 있었지요. 눈물이 왈칵 솟았어요. 이런 아이를 외면하고 사회 운동만 할 수는 없다고 생각했어요."

●

사스SARS(중증급성호흡기증후군)의 경우 어제는 베이징에서, 오늘은 홍콩에서, 내일은 토론토에서 발생하는 것을 보면 바깥이 아픈 것은 곧 내가 아프게 될 것을 의미한다고 생각합니다. 그러나 그런 것을 느끼지 못하는 것이 일상생활인데 삼보일배에 나선 순례자들이 그것을 건드려 주었습니다. 뒤에서 따라가는 것조차 힘들고, 매연에 눈도 아파 집에 빨리 가고 싶습니다. 하여간 말이 필요 없습니다. 와서 봐야 합니다.

— 이주향 수원대 교수

●

드디어 국도 1호선을 만났습니다. 이 길은 목포에서 시작해 광주, 전주, 천안, 서울, 개성, 평양 등 남과 북의 주요 도시를 거쳐 신의주까지 가는 길입니다. 예나 지금이나 사람과 물물이 가장 많이 지나다니는 국토의 대동맥입니다. 그 대동맥이 이념의 차이 때문에 38도선에서 끊어진 지 무려 59년째에 이르지만, 아직 한반도의 봄은 멀었습니다. 언제쯤 이 땅에 진정한 화해와 협력, 평화가 오고 끊어진 국토의 맥이 다시 이어질까요? 이렇게 좋은 봄날 이 국도 1호선을 따라 개성과 평양, 신의주까지 걷고 싶습니다.

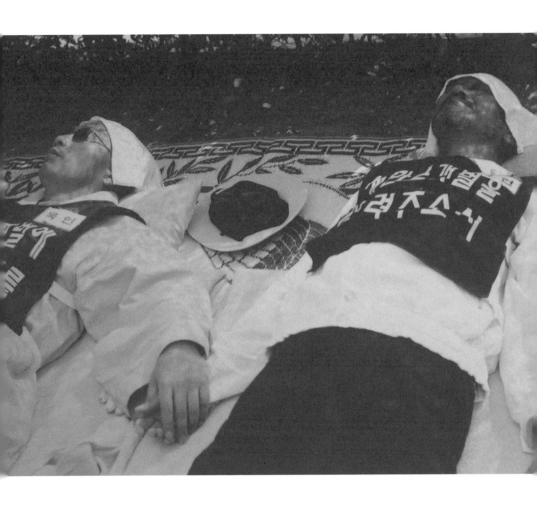

비지땀을 흘리며 순례자들을 앞장서 이끄는 문규현 신부는 분단 이후 최초로 38도선에서 끊긴 국도 1호선을 넘어 남북을 오간 민간인이었습니다. 1989년 당시 임수경 대학생이 남북의 화해와 평화를 요구하며 제3국을 통해 북한을 방문했을 때였습니다. 문규현 신부는 목자로서 사명을 다하고 분단의 벽을 넘어야 한다는 시대의 요구에 응답했습니다. 홀로 북한으로 들어가 임수경 학생을 안전하게 대동하고 분단 이후 최초로 판문점을 넘어 국도 1호선을 따라 서울로 넘어왔습니다. 현행법의 탄압을 받아야 했지만, 묵묵히 그 모든 시대의 가시 면류관을 받았습니다. 세월이 흘러 이제는 새만금 갯벌과 남북한뿐만 아니라 온 세상의 생명과 평화를 염원하는 삼보일배 대장정에 함께합니다. 국도 1호선이 온전히 이어지는 평화의 시대를 기원해 봅니다.

●

국도 1호선에 접어들자 차량이 길을 가득 메웠습니다. 길가에는 온갖 기계와 합성수지, 사료 등을 만드는 대규모 공단이 있습니다. 새만금 갯벌을 떠난 뒤 처음 만나는 공장 지대입니다. 먼지도 유난히 많고 오염된 공기가 코를 찌릅니다. 새파란 하늘만 보며 걷다가 칙칙한 회색빛 대기가 낮게 깔린 도시 하늘 아래를 걸으니 코가 따끔거리고 잔기침이 심해집니다. 가쁜 숨을 내쉬며 길바닥에 이마를 대고 오염된 공기와 먼지를 죄다 들이마시는 일이 쉽지 않습니다. 날은 점점 더워져 순례자들 얼굴에서는 굵은 땀줄기가 빗줄기처럼 뚝뚝 흘러내립니다.

●

삼보일배로 지친 일행이 잠시 쉴 때 송정희, 홍숙경 씨는 이때가 가장 바쁜 시간입니다. 쉬는 이들에게 마실 물과 수건을 건네주려 아이스박스를 들고 이리저리 뛰어야 하기 때문입니다. 담요를 미리 깔고, 지친 순례자들의 근육을 풀어 주는 일도 소홀히 여길 수 없습니다. 삼보일배에 몰두하려고 손님맞이를 피하고 싶어 하는 순례자들을 대신해서 방문객들이 묻는 말에 성심껏 답변해 줘야 합니다. 질문거리가 많은 기자가 찾아오면 같은 말을 그때마다 반복해야 합니다. 시도 때도 없이 걸려 오는 휴대 전화에 답하고 밥 먹는 시간에 찾아오는 손님들을 안내하는 일도 삼보일배입니다.

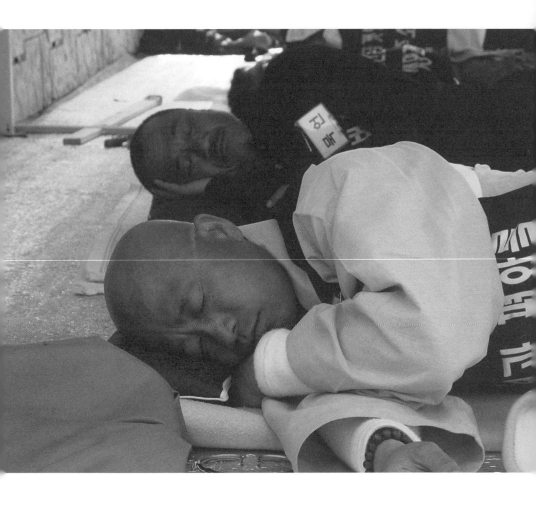

●

매일 밤이면 걱정이 돼 여기저기서 달려온 의료진들의 침과 뜸, 주사, 마사지, 부황, 테이핑요법, 냉찜질, 온찜질 등으로 천막 안은 야전 병원을 방불케 합니다. 그동안 다녀간 의료진만 해도 수십 명이었는데 상태를 보고 나면 "삼보일배를 중단하고 휴식을 취하는 방법밖에는 없습니다"라는 한결같은 대답뿐입니다.

삼보일배 기간 내내 따라다닌 육체적 고통과 더불어 또 하나의 어려움은 날씨입니다. 처음 삼보일배를 시작할 때는 3월 말인데도 매서운 바닷바람과 맞서야 했고, 새벽이면 서리가 내린 천막에서 눈을 떠야 했습니다. 추위가 물러갈 즈음엔 비가 말썽이었습니다. 처음 시작할 때 원칙은 비가 오면 쉬기로 했지만 "앞으로 가야 할 먼 길을 생각하면 비 때문에 하루도 지체할 수 없다"는 순례단의 고집을 아무도 막을 수가 없었습니다. 그러다 한술 더 떠 비는 장대비로 바뀌고 천둥번개까지 칩니다. 이렇듯 말릴 수도 없는 상황이 되면 '보고 있느니 차라리 내가 삼보일배를 하는 게 낫겠다'는 마음이 굴뚝 같아집니다. 비가 좀 갠다 싶으면 이제는 더위가 기승이었습니다. 잠시 손바닥을 대기도 어려울 정도로 잘 달궈진 아스팔트 위로 순례자들의 땀방울이 선을 그리며 갑니다. 아스팔트 위에서 올라오는 뜨거운 열기와 도심으로 갈수록 더해지는 공해는 모두를 질식시키기에 충분합니다. 정말 시원한 바람 한 줄기, 그늘 한 점이 그토록 간절하고 고마울 수가 없습니다.

— 송정희 진행팀 〈 삼보일배가 지나간 자리 〉 중

●

삼보일배 순례는 일상의 게으름과 나태에 대한 질타입니다. 모든 것을 내던지고 생명과 평화를 위한 길에 나선 순례자들을 보고 삶에 대한 우리의 태도가 게을러서는 안 되겠다고 마음을 다잡게 됩니다. 그리고 서로 배타적일 수 있는 종교의 성직자들이 함께 삼보일배 하는 것을 보며 우리 사회도 분열을 극복하고 하나가 돼야 한다는 메시지를 깨닫게 됩니다. 환경과 노동, 통일 등 각 부문 사회 운동 활동가들이 분파와 차이를 넘어서 시대와 민중을 위해 단결하고 연대해야 한다고 가르쳐 주십니다. 작은 것에 얽매이고 조금만 틀리면 선 긋고 자기편만 챙기려는 것을 뛰어넘어 자본주의가 만든 잘못된 고리를 풀어야 합니다.

— 이용길 민주노동당 충남도지부 위원장

●

경기도 여주 신륵사에서 세영 주지 스님과 동자승 일곱 명과 신도들이 왔습니다. 가슴에 '갯지렁이가 집을 잃어버렸어요', '오리가 먹을 게 없어요', '갯벌이 썩어 가고 있어요', '게가 울고 있어요'라고 예쁜 글과 그림을 달고 온 동자승들은 순례자들을 보자 합장합니다. 모두 허허 웃음을 짓습니다.

●

삼보일배는 단지 환경을 살리겠다는 차원을 넘어 우리나라의 계층 간, 남북 간 갈등과 불화를 화해와 올바른 삶으로 인도하는 중요한 암시가 담겼습니다. 세계에 널리 퍼져 종교라는 이름으로 폭력과 전쟁을 일삼는 세계의 종교 지도자들이 이런 정신을 배워 진정한 평화와 인류 삶의 바른 지향을 깨달았으면 좋겠습니다. 무분별한 개발과 발전이 자연 파괴로 이어졌던 과오를 사람들이 깨닫고 이제는 말보다 실천이 중요하다는 정신을 나누면 좋겠습니다.

— 홍기삼 동국대학교 총장 〈3보1배 순례 동참 소감〉 중

●

이라크에서 미군이 무고한 여성과 아이들을 죽이고 새만금 갯벌에서 무수한 생명을 죽이는 것은 모두 생명을 파괴하는 것이며, 이에 반대하는 것이 생명 운동이며 평화 운동입니다. 새만금 갯벌에서 청와대로 가는 게, 그전에 주한미군 폭격장이 있던 매향리에서 청와대로 걸어갔던 것과 다르지 않습니다. 매향리의 철조망을 걷어 내고 폭파 중인 산에 올라가 싸워도 봤지만, 자본의 움직임과 제국주의의 움직임을 막아 내지는 못했습니다. 그러나 아닌 것은 아닙니다. 오늘 이 자리도 소음과 먼지와 사고 등 위험이 따르는 악조건이지만 '생명을 살리고 평화를 염원한다'는 정신이 살아 있어 기쁩니다. 세상은 변화가 없는 듯하지만, 이러한 희생으로 어느 날 새로운 희망이 나타날 것입니다.

— 문정현 신부

●

최근 대통령이 밝힌 대로 농지로 사용하려던 목적을 잃은 만큼, 지금 당장 방조제 공사를 중단하고 어떻게 할 것인가 대안을 찾아야 합니다. 새만금 갯벌의 생명을 살리려는 순례자들의 고행에 온 국민이 관심을 두고 함께해야 대통령의 눈과 귀를 열 수 있을 것입니다. 시민 사회단체도 최선을 다해 이러한 노력에 함께하기로 했습니다.

— 서주원 환경운동연합 사무총장. 천안역 광장 〈새만금 갯벌 생명 평화의 날 행사 지지 발언〉 중

"늦었지만 이 자리에 와 보니 새만금 갯벌을 반드시 지켜야 한다고 실감하게 됩니다. 지금 국회에서는 새만금 사업의 합리적 해결을 위한 정책 제안을 추진하는 중인데 이에 여야가 따로 있을 수 없습니다. 생명을 지키는 데에 무슨 여야가 필요하고, 무슨 이념이 필요하고, 무슨 보수와 진보가 필요합니까? 모든 국회의원에게 서명 동참을 호소하고 있습니다. 오월 하순에 순례단이 국회에 도착할 때에는 국회의원 과반수가 서명하기를 기대합니다. 국회의원들이 새만금 살리기를 위한 대국민 제안서도 발표하고, 필요하다면 결의문도 발표할 것입니다."

5월 3일 저녁, 천안역 광장에서 '새만금 갯벌 생명 평화의 날' 행사가 열렸습니다. 김원웅 국회의원의 지지 발언을 들어 보니, 정치인들의 움직임이 조금씩 보입니다. 순례단이 일으킨 사회적 여론이 점점 거세지는 것을 느낍니다.

●

경기도 이천에서 한 가족이 왔습니다. 지난해에는 새만금 갯벌에도 가 보
았답니다. 길가에 잔뜩 핀 민들레 씨앗을 호 불어 날리며 즐거워하는 열
살배기 한빛이는 "조금 덥지만 걸어 다니는 게 재미있어요"라며 할아버
지 댁 가는 길에 새만금을 살리려고 왔다고 합니다. "환경을 살리려면 쓰
레기도 안 버리고, 합성 세제도 많이 쓰지 말고, 물건도 아껴 쓰고, 책도
찢어 버리지 않아야 해요"라고 의젓하게 이야기합니다.

•

서울대 환경대학원생 김영준 씨는 환경 문제는 실천과 맞닿아야 한다고
생각해서 참여했다고 합니다. 어떻게 사람들이 실천하고, 실천하게 만드
는지 경험하러 왔다고 합니다. 삼보일배 순례에 참여하는 실천을 통해 자
신도 좀 더 맑아졌으면 하는 꿈을 가지고 왔다고 합니다.

•

대학 휴학 중인 한은희 학생은 쉬는 시간마다 순례자들의 고단한 몸을 주
물러 주고, 부채질도 해 줍니다. 피상적으로만 자연을 보호하고 생명을
보호해야 한다고 생각했는데, 자신의 철학을 행동으로 나타내고 몸소 실
천하는 사람들을 보며 감명받았다고 합니다. 오늘 이 느낌을 많은 친구와
가족에게 이야기하겠다고 합니다.

•

경희대 한의학과 김나희 학생은 전라북도를 지날 때 한 번 오고, 이번이
두 번째입니다. 날씨가 따뜻해지면 좀 낫지 않을까 생각했는데 너무 더워
졌다며 걱정합니다. 봄이 돼 꽃이 피면 좋지 않을까 했더니 아스팔트 길
만 나온다고 걱정입니다. 전북 지역을 벗어나지 못할 거라고 생각했는데
이곳까지 온 것은 말로는 설명할 수 없는 기적이라고 이야기합니다.

●

삼보일배가 출발한 날, 서울에서 부안 방사능 핵 폐기장 건설 반대를 위해 단식에 돌입했던 원불교 김성근 교무가 며칠 전에 쓰러져 병원으로 실려 갔습니다. 부안 핵 폐기장 반대에도 많은 이가 관심을 가져 주기를 소망하는 날입니다.

●

삼보일배가 끝난 후인 2003년 9월 전라북도 부안군 방사능 핵 폐기장 유치 반대 저항 운동이 거세게 타올랐습니다. 인구 6만 명의 부안군에 무려 1만 명의 경찰을 배치하면서 정부는 강제로 방폐장 건설을 밀어붙이려 했습니다. 하지만 부안 군민 대부분이 적극적인 저항에 나서며 결국 정부가 포기하게 됐습니다. 한국 사회 환경 생태 운동에 또 하나의 지평을 여는 사건이었습니다. 문규현 신부를 비롯해 삼보일배에 함께했던 많은 이가 동참했습니다.

　이후 시간이 흘러 방사능 핵 폐기장은 경북 월성에 결국 세워졌습니다. 정부는 부안의 경우를 참조해 토함산터널과 문무대왕1터널 개통 등 엄청난 지역 개발 특혜를 앞세워 주민을 현혹, 설득해야 했습니다.

"우리 대통령의 가슴에는 꽃이 언제 피려나요? 댐이나 케이블카를 건설해 자연과 생태를 파괴하려는 지리산이나 새만금이나 똑같은 문제입니다. 인간의 욕심 때문에 무수한 생명이 사라지게 되는 것을 이제는 멈춰야 합니다. 뭇 생명과 더불어 사는 세상을 만들어야 합니다."

지리산댐과 케이블카 설치 반대 운동을 해 온 '지리산생명연대'에서도 새만금 갯벌을 살리려 함께했습니다. 김경일 사무처장의 말입니다.

●

지극히 낮아지기 위하여
척추를 곧추세우는 것이다

첫걸음에는 뒤돌아보고
두 번째 걸음에는 둘러보고
세 번째 걸음에는 내다보고
두 손발 가지런히 모아
온몸을 낮추는 것이다
숨을 내쉬며 나를
숨을 들이마시며 그대를
그리하여 온 세상을 끌어안으며
수직하는 것이다

단순하고 단정해진
수직을 안으로 말아
등뼈와 두 손바닥을 하늘에 보이며
땅에 입맞추는 것이다
두 눈을 감는 것이다

가는 것도 아니고
멈춰 서는 것도 아니다

세 걸음 걷고 한 번 큰절
말을 버리자 눈물이 마른다
길이 몸속으로 들어온다
큰절 올리고 다시 세 걸음
몸속으로 땅이 들어선다

그렇다
이 땅이 부처다
이 땅 이렇게 부처다

― 이문재 시인 〈이 땅이 부처다〉

●

5월 5일 어린이날입니다.

　순례 첫날부터 무거운 삼보일배 깃발을 들고 맨 앞장섰던 순례단 기수 신권 씨는 두 달 동안이나 집을 떠나 있어 마음이 편치 않아 아이에게 전화합니다.

　"한 달만 기다리면 아빠가 선물 많이 사서 갈게. 조금만 기다려."

　올해 일곱 살인 딸 '해'는 어제 유치원에서 '우리 아빠 빨리 돌아오게 해 주세요'라고 어린이날 소원을 빌었다고 합니다.

　비가 오면 아빠가 쉰다고 이야기하니 해가 얘기했답니다.

　"아빠, 비 오기를 기도할게요. 그런데 내일은 안 돼요. 내일은 유치원에서 소풍 가야 해요."

●

삼보일배를 하루 이상 참여한 사람이라면 날마다 출발에 앞서 아침 체조로 일행과 하루를 열고 저녁 마친 순례자들의 몸 상태를 살펴보며 대체의료 처치에 애쓰는 윤정순 씨를 기억합니다. 또 참여자가 많아 대열이 길어지면서 선두와 보조 맞추기 더욱 어려워질 때면 대열 앞뒤로 바쁘게 뛰어다니며 정리하는 고철호 씨는 세칭 일류 대학을 졸업했지만, 세파에 물들기를 거부하고 삼보일배에 헌신합니다. 이정준 군은 의미를 찾을 수 없는 고등학교를 부모 동의하에 일찌감치 때려치우고 진행팀 틈에서 몸을 아끼지 않습니다. 예쁜 사람 조각들이 모자이크처럼 모여 새로운 세상의 밑그림을 그려 갑니다.

― 박병상 풀꽃세상 대표 〈삼보일배와 숨은 일꾼들〉 중

●

수경 스님은 매번 아침밥을 먹고 나서는 냄새나고 지저분한 화장실을 청소합니다. 스님은 2년 전 '지리산 살리기' 도보 순례를 할 때도 날마다 화장실 청소를 도맡아 하고 쓰레기도 보이는 대로 주웠다고 합니다. 사람은 둘레와 뒤가 깨끗해야 한다며 변기에 맨손을 넣고 싹싹 닦습니다. 싹싹 닦아 말끔해진 거울에 비친 우리 모습이 부끄러워집니다.

●

1998년 정부가 지리산댐 건설 계획을 발표했습니다. 지리산 인근의 수많은 마을이 수몰되고, 엄청난 생태 환경이 파괴되는 일이었습니다. 2000년에 지역 주민과 189개 환경·시민 사회단체가 모여 '지리산살리기국민행동'을 시작했습니다. 수경 스님은 상임 공동 대표와 순례 단장으로 2000년 10월 23일부터 11월 20일까지 태백 황지에서 낙동강 을숙도까지 1,300리 순례에 함께했습니다. 이어 2001년 2월 16일부터 5월 26일까지는 백두대간 순례와 지리산 둘레길 850리 순례에 함께했습니다. 지리산 댐 건설은, 지속된 반대 운동 끝에 2018년 9월 18일 최종적으로 백지화됐습니다. 당시 사람들이 걸었던 순례길이 현재 21개 코스의 '지리산 둘레길'로 정비됐습니다.

●

오락가락하는 비를 맞으며 가는 순례길. '제○○ 탄약창'이라고 쓰인 간판
이 보입니다. 배나무 과수원 너머에 커다란 창고가 몇 개 보입니다. 서양
무덤처럼 길쭉하게 생긴 흙무더기 안에 온갖 종류의 총알과 포탄이 잔뜩
저장된 곳입니다. 30~40년 지난 낡은 총탄과 최신 열화우라늄 탄이 같이
있을지도 모르는 위험한 곳입니다. 분단 시대를 사는 이 땅에는 지나가는
길목마다 거대한 죽음의 창고가 많습니다. 저런 증오와 갈등의 창고를 채
우려고 얼마나 많은 돈을 허비했을까 생각해 봅니다. 오랜 분단 시대의
미움과 증오를 버리고 저 창고에 언제쯤 평화와 화해를 가득 채울까요?
제발 우리나라에는 저 창고 안의 낡은 총알과 포탄을 소비하려고 달려드
는 정신 나간 지도자는 없어야 할 텐데요.

●

농림부 장관이 순례단을 찾아왔습니다. 새만금 간척 사업을 추진하는 주무부입니다. 오늘 아침 국무 회의에서 새만금 이야기가 나왔는데 대통령도 순례자들 건강을 걱정했다고 합니다. 그러나 장관은 농지가 필요한 상황이어서 새만금 갯벌을 친환경적으로 개발할 테니 삼보일배 고행을 멈추라고 합니다. 순례자들은 묵언수행 중이라 아무 이야기도 하지 않고 간단한 인사만 했습니다. 면담에 참여한 환경·시민 사회 대표단은 시민 사회와 농림부, 전라북도, 민주당 등이 새만금신구상기획단을 구성해 허심탄회하게 논의해 보자고 제안했습니다.

●

영화감독인 장선우 씨, 배우인 명계남 씨, 예지원 씨가 대한불교 조계종 중앙신도회 백창기 회장 일행과 함께 순례에 참여했습니다. 장선우 감독은 몇 해 전에 환경운동연합 회원으로 새만금 갯벌을 방문한 적이 있는데, 저렇게 크고 이쁜 갯벌을 다 막게 되면 큰 재앙이다 싶어 가슴이 아팠고, 다시 오고 싶었답니다. 대통령과 정부가 결단만 내리면 해결될 문제인데 새만금 간척 사업에 이해관계가 얽힌 사람들을 위해 너무나 큰 것들이 희생된다고 안타까워합니다.

지리산 자락에서 생명 평화 공동체 운동을 하는 (사)한생명의 수지행 사무국장과 회원, 가족 등 십여 명도 순례에 참여했습니다. 양심적 병역 거부 운동을 하는 김동현 씨는 앞으로 계속 참여하겠다고 합니다.

●

5월 8일. 오늘은 어버이날이면서 부처님 오신 날입니다. 순례자들에게
카네이션을 달아 주었습니다. 새만금 갯벌에 사는 무수한 생명을 낳지는
않았지만, 이들의 목숨을 살리고자 고행길에 나선 순례자들이 어린 조개
와 게와 망둥이와 갯지렁이 들의 어버이라는 뜻이었습니다.

●

새만금 갯벌을 떠나 엉금엉금 거북이처럼 달려온 거리가 오늘로 220여킬
로미터입니다. 이제는 서울이 코앞에 있는 듯합니다. 인간의 탐욕과 분
노와 어리석음을 참회하고 반성하면서 시속 1킬로미터의 속력으로 북상
하는 순례단은 김제→군산→서천→보령→홍성→예산→아산→천안을
거쳐 경기도 평택에 들어왔습니다. 송탄→오산→수원→안양→과천을
거쳐 서울 사당→여의도→광화문까지 순례를 잇습니다.

생명·평화의
여정 65일

●

순례에 참여한 '미군 기지 우리 땅 되찾기 평택 시민 모임' 김용환 씨는 평택에는 생명을 죽이는 미군 기지가 자그마치 454만 평이 있는데, 74만 평이 늘어날 계획이라고 합니다. 미국은 추가로 500만 평을 더 늘려 달라는 터무니없는 요구를 합니다. 미군 기지가 확장되면서 각종 범죄와 환경 파괴 문제가 심각합니다. 삼보일배는 새만금뿐만 아니라, 온 세상과 인류의 평화를 위한 것입니다.

●

순례에 세 번째 참여한 한 시민은, 인간의 탐욕을 위해 다른 생명은 말도 못 한 채 당하고만 있다며, 이제부터는 다른 생명의 처지에서 생각해 보자고 합니다. 인간이나 미생물이나 곤충이나 모든 생명은 똑같습니다. 인간의 인위적인 생명 파괴에 가슴이 아프고, 이에 반대하고 싶어 시간만 나면 순례에 참여한다고 합니다. 삼보일배에 함께하며 그는 인간 우선주의를 벗어난 새로운 종으로 거듭 태어난 기분이라고 합니다.

— 이영기 강동송파환경운동연합 사무처장

●

지난 5월 3일 천안 시내를 지날 때 순례단 때문에 차가 막혀 화가 나고 짜증이 났습니다. 그런데 오늘까지 이렇게 할 줄은 정말 몰랐습니다. 그때 짜증 낸 것이 너무너무 미안합니다.

— 충남 70X 38XX 운전자

158

●

저녁에는 전남 담양 한빛고등학교 학생들과 새만금 삼보일배 이야기를
나누었습니다. 재단 비리로 전교생이 등교를 거부했는데, 그중 학생 여
섯이 5월 7일 서울을 출발해 날마다 30킬로미터씩 걸어 5월 18일에 광주
망월동 묘역에 도착할 예정이라고 합니다. 정의를 위해 싸우는 이 학생들
을 길에서 만나면 꼭 격려해 주시기 바랍니다.

●

강동구 씨는 대학 재학 중이던 2000년에 새만금 갯벌에 가 보았습니다.
졸업 후에는 새만금 갯벌을 생각할 기회도 없었는데 오늘 삼보일배 순례
단을 거리에서 만나니 감동이라며 음료수를 잔뜩 들고 왔습니다.

3월 말에 변산반도와 내소사로 여행 갔다가 순례단이 해창갯벌에서
출발하는 모습을 보았는데 오늘 평택에서 다시 만났다면서 연대 기금을
전해 준 시민도 있습니다. 지나던 약국에서도 모두 기운 내라며 건강 음
료를 여러 상자 내주었습니다.

'평택시 발전○○회' 이름으로 내걸린 현수막을 봅니다. 내일 오후 미군 기지 앞에서 '북핵 저지 주한 미군 지지 결의 대회'를 한다고 쓰여 있습니다. 미군 기지가 들어서고, 팀 스피릿 훈련을 하고, 남북의 화해와 평화가 계속 가로막혀야 그들이 흘리는 달러 부스러기를 얻어먹을 수 있다고 생각하는 사람들이 있습니다. 그들은 미군 기지 때문에 생기는 온갖 범죄와 사회 문제, 환경 오염에는 아랑곳하지 않습니다. 그저 피 묻은 달러에만 욕심이 있어 미군을 부르고, 전쟁을 부르는 사람들이 있다는 사실이 답답합니다. 얼마나 많은 사람이 전쟁 반대와 평화 실현을 외쳐야 이 땅에 평화가 찾아오고, 얼마나 많은 사람이 삼보일배를 해야 사람들은 자신의 탐욕을 버리고 어리석음에서 벗어날까요?

●

멀리 설악산에서 '산양의 동무 작은 뿔'과 '설악녹색연합' 회원들이 왔습니다. 아파트 단지와 자동차 물결 사이를 통과해 왔다는 이들이 "우리가 하는 작은 일들이 미래 세대의 짐을 덜어 줄 수 있을 것이다"라고 이야기합니다. 점점 파괴되어 가는 설악산과 멸종 위기에 처한 야생 동물들의 처절한 모습을 슬라이드로 보여 주었습니다. 더불어 인간과 자연의 공존을 느릿하지만 아름다운 영상으로 보여 주었습니다. 슬라이드 화면 속으로 순례단 모두가 쑥 빠져드는 깊은 밤이었습니다.

●

지난밤에는 송탄 공업 단지 안 모곡공원에서 묵었는데 아침에 일어나 보니 코를 찌르는 화학 약품 냄새가 역하게 납니다. 머리가 지끈거리고 속이 메스꺼울 정도입니다. 도대체 무엇을 만들며 어떤 해로운 물질을 대기 중으로 배출하기에 이렇게 지독한 냄새가 나는지, 이렇게 대기를 오염시키면서 공장을 돌리고 물건을 생산하는 것이 정말 중요한 일인지 궁금합니다.

공단 지대를 지나자 이번엔 "쿵! 쿵!" 땅을 울리는 요란한 소리가 들립니다. 대형 아파트 단지를 만들려고 한창 터를 다집니다. 이곳까지 아파트 개발이 성시를 이룹니다. '꿈이 있는 살기 좋은 집 ○○아파트'라고 적혀 있습니다. 산을 깎고 들을 메우고 야생 동식물의 보금자리를 빼앗은 그 자리에 과연 어떤 꿈이 남아 있을까 생각해 봅니다.

●

국가지속가능발전위원회PCSD 위원장이 왔습니다. 순례자들 손을 일일이 꼭 잡으며 무릎 꿇고 앉아 말없이 눈물을 흘립니다. 그러나 개발 중단 약속은 없습니다.

오후에는 환경부 장관이 왔습니다. 어제 대통령을 만나 새만금 문제를 상의했다는 장관은 "새만금신구상기획단을 조속히 만들어야 한다. 대통령이 미국을 방문하고 돌아오는 대로 국무 회의 등을 통해 정식으로 안을 올리겠다. 전북도민은 지금까지 너무 소외됐고 가난하게 살아왔다. 이들에게 희망을 안겨 주는 대안을 함께 찾아보자"고 합니다. 그러나 새만금 갯벌이 살아 있어 우리가 그간 얼마나 풍요로울 수 있었는지는 얘기하지 않았습니다.

그들이 돌아간 후 새만금 갯벌의 원주민들인 백합 바지락 동죽 가무락조개 떡조개 개량조개 갈게 길게 칠게 콩게 그물무늬금게 농발게 갯지렁이 큰구슬우렁이 말미잘 민챙이 가시닻해삼 각시흰새우 대사리 맵사리 말뚝망둥이 짱뚱어 퉁퉁마디 칠면초 검은머리물새 노랑부리저어새 민물도요 붉은어깨도요 뒷부리도요 알락꼬리마도요 넓적부리도요새 들이 얘기했습니다.

"갯벌은 그 어떤 생명도 소외시키지 않았어요. 우린 한 번도 가난하지 않았고요. …아직도 우리 얘기는 없군요."

●

만화책《짱뚱이》작가인 신영식 화백이 이른 아침부터 함께했습니다. 커다란 현수막에 '새만금 짱뚱이를 살려 주세요'라는 그림을 그려 왔습니다. 순례 틈틈이 참가한 사람들에게 캐리커처를 그려 주었습니다.

"만화가도 만화만 그리지 말고 이런 문제에 참여해야 합니다. 다양한 사람이 다양한 방식으로 참여해 이 순례가 새로운 생명의 축제가 되도록 만들었으면 좋겠습니다."

●

단체 일꾼으로 함께하는 참여연대 박영선 사무처장이 말했습니다.

"삼보일배가 이럴 줄은 몰랐습니다. 하나의 이벤트성 행사일 것으로 생각했는데, 정말로 고행하시는 모습을 보았습니다. 이것은 그냥 싸움이 아니라 성스러운 싸움입니다. 옆에서 보는 것이 더 힘들고 차라리 직접 하는 게 낫겠다고 생각합니다."

●

길가 공터에 천막을 치고 저녁을 먹습니다. 이번에는 문화관광부 장관이
왔습니다. 장관은 "행정 가운데 불합리한 면도 많지만, 예산을 많이 투입
해 시작한 일을 원점으로 되돌리기는 어렵다. 그러나 얼마나 되돌릴 수
있을지 좀 더 공부해 보고 대통령이 미국에서 돌아오는 대로 국무 회의에
서 이야기하겠다. 농림부, 환경부, 문화관광부 장관이 이렇게 차례로 오
는 것을 보더라도 정부의 반응이 없는 것은 아니다. 삼보일배는 대단히
평화적인 방법이며, 그래서 더욱 설득력이 있을 것이다. 새만금 사업은
정치적인 과정에 의해 추진된 것이라서 또 다른 정치적 과정과 절차가 필
요한데, 그것이 바로 새만금신구상기획단이다. 그 절차를 밟는 동안 지
금과 같은 평화적인 방법을 유지해 주기 바란다"고 이야기했습니다.

순례자들은 무묵히 듣고만 있었습니다.

●

거리가 1킬로미터는 족히 되는 큰 고개를 만났습니다. 버스와 트럭, 승합차, 사륜구동 차량 등 경유 차량이 내뿜는 검은 매연이 견디기 힘들었습니다. 온몸이 땀에 절어 힘들게 오른 고갯마루에는 '유엔군 초전 기념비'가 우뚝 서 있습니다. 안내판에는 '1950년 6월 25일 북괴의 불법 남침으로 한국의 안정과 자유를 수호하기 위해 파병된 유엔군은 1950년 7월 5일 오산시 내삼미동 죽미령 일대에서 최초로 북한 괴뢰군과 격전을 치렀다'고 쓰였습니다. '북괴', '괴뢰군', 'enemy'… 언제까지 이런 용어를 듣고 보고 써야 할까요? 이 일대는 한국전쟁 당시 보도연맹 사건으로 수많은 민간인이 두 번씩이나 학살됐던 곳이기도 합니다. 어디에 파묻었는지 아직 유해 발굴도 안 된 곳입니다. 자유를 수호하려 싸운다는 군인은 왜 민간인에게 총을 겨누었으며, 당시 희생당한 무고한 양민의 넋은 누가 위로해 주는 걸까요?

●

기온이 30도까지 올라가면서 아스팔트가 프라이팬처럼 달아오릅니다. 윗도리가 땀에 흥건하게 젖은 순례자들 얼굴에서 땀방울이 후드득 떨어집니다. 잠깐 쉬어 가겠다는 길잡이 말에 순례자들은 길바닥에 얼굴을 대고 한참 일어나질 못합니다. 체력이 바닥까지 떨어진 순례자들을 보며 진행팀 대여섯 명이 왈칵 눈물을 흘립니다. 짜디짠 눈물 한 방울이 푸른 바다 같습니다.

●

해창갯벌의
갯지렁이 한 마리
아스팔트 먼 길을 나서시었다
변산반도에서 광화문까지
오체투지의 문규현 신부님이다

지리산의
자벌레 한 마리
삼보일배의 온몸으로 가신다
날마다 삼천 배
백척간두 진일보의 수경 스님이다

무릎 관절에 물이 차는데
대체 얼마를 더 가야
새만금 갯벌은
그대로 갯벌의 이름이며
살아 그대로
생명 평화의 교과서이겠느냐

우리는 더 이상 문상객이 아니다
우리는 더 이상 참전 용사가 아니다

갯지렁이의 먼 길
줄지어 눈 깊은 이들이 따르고
지리산 자벌레의 꿈이
참회의 죽비를 내려친다

자벌레의 길
갯지렁이의 길이 아니라면
이 세상의 모든 길은
더 이상 길이 아니다

― 이원규 시인 〈자벌레의 길〉

●

경기도지사가 순례단을 방문했습니다. 도지사는 "지방 행정을 하다 보면 지역에서는 무조건 개발이 최고라는 생각들을 가지고 있다. 뭐 하나라도 만들어 고용을 기대하고, 건물이 서고 도시화되면 경제가 활성화될 거라고 생각한다. 몇 년 전, 국회의원으로 있을 때 예산결산위원회 소속으로 새만금 현장을 방문한 적이 있었는데, 당시만 해도 호남 지역의 발전을 위해 간척 사업을 빨리해야 한다는 생각이 대세였다. 그러나 최근에는 새만금 갯벌이 지닌 환경적·자연적 의미를 깨닫고 있다. 장기적으로 보면 인간이 자연을 뜯어먹고 사는 것인데, 길게 뜯어먹자면 갯벌에서 뜯어먹어야 한다"고 했습니다.

경기도에는 새만금 이전에 간척 사업이 진행돼 썩어 가는 시화호 방조제가 있습니다. "당신이 서 있는 곳에서 그 일을 해 주십시오"라는 말이 목 아래까지 치밀어 올랐습니다.

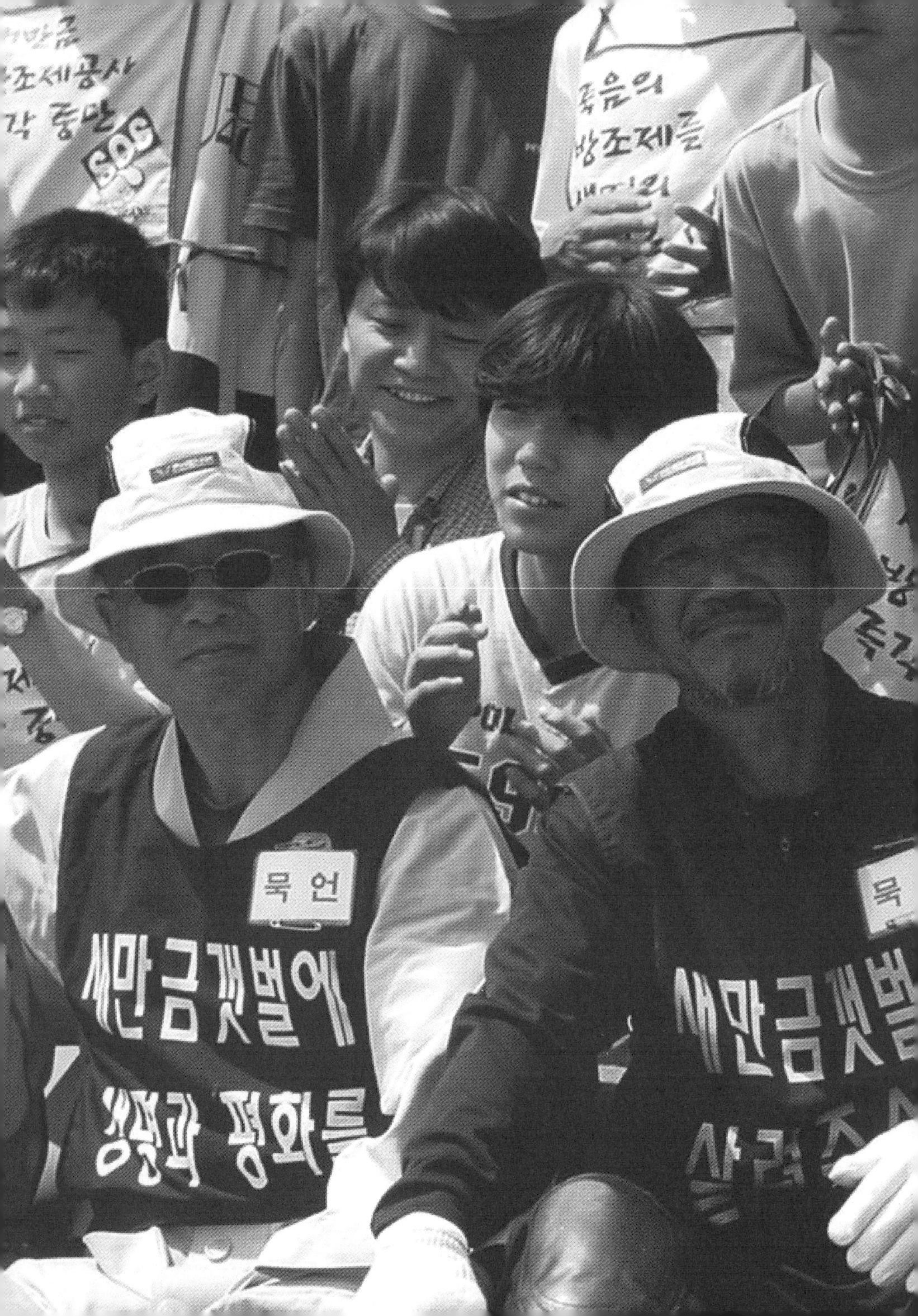
죽음의
방조제를
묵언
새만금갯벌에
생명과 평화를

•

오늘은 스승의 날입니다. 실상사 작은학교 학생들과 선생님 마흔다섯 명이 와서 순례자들에게 〈스승의 은혜〉 노래를 불러 줍니다. 영어 단어를 외우게 하고 수학 공식을 가르치는 이들만 스승이 아니라, 온 인류가 살아가야 할 올바른 방향을 몸으로 보여 주는 사람들이 진정한 스승입니다.

•

전통 사찰 음식 전문가인 선재 스님이 오셔서 맛있는 점심을 손수 마련해 주셨습니다. 좋은 말씀도 나눠 주셨습니다.

"요리를 배우러 오는 사람들에게 요리만 가르치지 않습니다. 식탁에서 지녀야 할 예절과 음식물 버리지 않고 절제하기부터 먼저 가르칩니다. 자연과 인간은 하나입니다. 몸에 약이 되는 좋은 먹을거리를 위해서는 환경이 좋아야 합니다. 환경이 오염되면 내가 병들게 됩니다."

●

'평화와 통일을 여는 사람들' 상임 공동 대표인 홍근수 목사는 미국에서 공부할 때 뉴햄프셔주의 플리머스 핵 발전소가 완공되었는데 주민들이 반대 운동을 벌이자 멀쩡한 새 핵 발전소를 폐쇄하는 것을 보았다고 합니다. 갯벌 매립은 갯벌에 있는 생명만 죽이는 일이 아니라 사방에 죽음을 잉태하는 일이기에 지금이라도 철회하는 것이 좋다고 이야기합니다.

●

오늘 순례에 참석한 조옥진 씨는 "바다를 막아 육지를 만들 정도의 힘과 능력이 있다면, 자연 그대로 두고도 다른 땅을 사용할 능력이 충분히 있을 것"이라며 "사람들의 사고방식이 변했으면 좋겠다"고 합니다.

●

농민 운동을 하면서 처음부터 새만금 간척 사업에 반대해 왔습니다. 갯벌을 막게 되면 자연 재앙만 발생할 것입니다. 이 사업으로 농업 생산이 조금은 늘겠지만, 갯벌이 살아서 지속해 생산해 내는 수많은 가치보다 훨씬 작습니다. 그리고 더블유티오WTO(세계무역기구) 농수산물 수입 개방을 통해 쌀 수입을 하면서 농토와 농민을 줄이겠다는 게 정책 목표랍니다. 그런데 뜬금없이 농지 확보 핑계는 웬 말입니까. 이 사업은 농민들을 위한 일이 아닙니다. 정치인들이 눈먼 표나 얻고 개발 과정에 여러 잇속을 챙기고, 자기 부처 예산을 따내고, 정부가 나서서 땅장사나 하려는 것입니다.

— 전광훈 전국농민회총연맹 전 의장

●

생태경제연구회 우석훈 박사는 간척 사업을 계속 진행할 경우와 지금 중단할 경우 앞으로 100년간 얼마만큼의 비용이 소요되고 얼마만큼의 편익이 발생할지 계산해 보았습니다. 결과는 농산물 생산 등으로 발생하는 편익보다 수산물 생산 감소와 매립 비용, 매립 후에도 계속될 수질 개선 비용 등이 더 커 지금이라도 중단하는 게 이익입니다. 매립으로 죽어 갈 수많은 생명의 가치, 생태 환경적 가치 등은 포함하지 않은 수치입니다.

●

전북 군산 기아특수강 노동자들이 왔습니다. 전라북도에는 큰 배가 들어올 만한 산업 기지가 없다고 합니다. 새만금 간척지에 아무리 큰 항구를 만들고 돈을 써 봤자 소용이 없다고 합니다. 군산 기아자동차 옆에 있는 큰 공장 부지도 다 채워지지 않고 비워진 지 오래입니다. 현장에서 일하는 노동자 말을 들어야 합니다.

●

오늘은 세계 여성의 날입니다. 전국여성연합, 여성민우회, 여성환경연대 등 여성계 대표들이 순례단에 함께했습니다. 새만금 갯벌 파괴는 가부장적 자본주의 세계의 욕망과 폭력의 시현에 다름 아니라고 합니다. 이 세계는 여성을, 소수자를, 타민족과 이민자를, 자연을 정복과 복종과 개발과 파괴의 대상으로만 보려고 합니다. 온 세상의 생명을 따뜻하게 품고 돌보려는 여성의 마음이 세상의 중심이 되는 세계를 바랍니다.

●

해양수산부 장관이 왔습니다. "순례자들의 뜻이 최대한 반영되도록 노력하겠다. 시화호 실패 사례를 잘 안다"고 이야기했습니다. 서울이 조금씩 더 가까워지나 봅니다.

묵언수행에 들어간 순례자들은 더 말이 없어졌습니다.

●

순례에 함께하는 서울대학교 환경대학원장 김정욱 교수는 말했습니다.

> "이 문제는 생명에 대한 존중이냐, 돈에 대한 존중이냐가 본질입니
> 다. 새만금 갯벌은 세계적으로도 유일하게 남은 하구 갯벌로서 많
> 은 생물이 사는 희귀한 생태계이며 귀중한 자원입니다. 위정자들
> 이 끝내 막는다 해도 새만금 방조제는 언젠가는 뚫어지게 돼 있습
> 니다. 방조제 건설을 계속하더라도 방조제가 뚫어질 때까지 계속
> 반대하는 목소리가 있을 것입니다."

●

전국언론노조 케이비에스KBS 본부에서 아홉 명이 순례에 참여했습니다.
새만금 문제를 노조원들과 공유한다고 합니다. 여러 차례 뉴스에 보도된
적이 있는데 더 많은 기자와 피디PD 조합원들이 관심을 두고 취재하도록
적극적으로 제안하겠다고 합니다.

●

가수 정태춘 씨가 삼보일배 하는 순례자들을 위해 〈갯벌의 노래〉를 만들어 왔습니다. 걷고 절하는 박자에 맞게 만들었는데 뒤에 따르는 사람들이 함께 불러 주면 힘이 날 거라고 합니다. 5월 23일 '문화 예술인 새만금 연대의 날'도 준비한다고 합니다.

물이 들면 바다요
물이 나면 육지라
수천수만의 섬세한 실개천
갯벌은 대지의 심장이라

생명의 노래가 들려온다
몸을 낮추면 들린다
온갖 미물이 후, 후 숨쉬는
갯벌은 대지의 허파라

생명의 신음 소리 들린다
사람이 갯벌을 죽인다
수천의 물길, 뻘 속의 생명들
사람이 대지를 죽인다

낮은 바람이 불어온다
바닷새들이 날아온다
얌전한 바다가 갯벌을 만들고
갯벌이 또 대지를 만든다

생명의 바다가 갯벌을 만들고
갯벌이 대지를 만든다
갯벌이 사람을 살린다

문규현신부님 수경스님 김정일교우 이희운목사님
네분 고맙습니다. 저희신 너무나 부끄럽고 얼마나
이기적으로 살았는가를 깨달았습니다. 밤새 눈물이
나서 혼났습니다. 삼보일배가 무사히 끝나기를.
새만금이 무사히 살아남기를 기원합니다

2003. 5. 16

박경리

●

삼보일배 50일째인 5월 16일, 어느덧 경기도 수원입니다. 멀리 새만금 방조제 제4공구 건설 현장에, 간척 사업에 반대하는 지역 주민 500여 명과 환경 단체, 종교계가 모였습니다. 펼침막만 200여 개가 걸렸습니다. 부안과 군산 지역 주민 대표들이 새만금 방조제 건설은 반드시 중단돼야 한다는 의지를 모았다고 합니다.

●

도미노가 쓰러지듯 파도타기를 하며 무릎 꿇는 순례자들의 긴 행렬이 하루 내내 이어졌습니다. 옅은 구름이 조금 끼었지만, 아스팔트는 여전히 뜨겁게 달아올라 모두가 굵은 땀방울을 흘렸습니다. 오늘은 민족문학작가회의, 도서출판 문학동네, 북하우스, 도서출판 호미 등 여러 문화 예술인들이 함께했습니다. 한겨레 최재봉 기자, 영남대 영문과 이승렬 교수 등도 함께했습니다.

●

하루하루 전국 각지에서 올라 온 순례자들의 물결로 이젠 수를 헤아리기
도 힘듭니다. 오늘은 유한킴벌리 공장이 순례단에게 문을 열어 주었습니
다. 밤을 보낼 천막에 전기를 설치해 주고 미숫가루도 내주었습니다. 저
녁에는 여러 환경 단체에 참여하는 문국현 사장이 와서 순례단과 담소도
나누었습니다. 기업 활동을 하는 다른 이들도 환경 경영에 더욱 관심을
기울여 기업 활동과 환경 보전이 조화를 이루는 지속 가능한 발전을 추구
해야 한다는 뜻이었습니다.

●

'기독청년의료인회' 간사인 석미경 씨는 아이 둘을 키우는 엄마라고 합니
다. 아이들을 키우다 보면 생명의 소중함을 새삼 느끼게 된다며, 또 다른
생명이 아프다니 할 수 있는 일이 무엇일까 생각하다 참여하게 됐답니다.
아이가 아플 때면 부여잡고 기도를 해 주었다고 합니다. 그런 것처럼 땅
이 아프다니 붙들고 위로라도 해 주자는 마음으로 땅을 향해 두 손을 공
손히 내리게 된다고 합니다.

●

호주에서 온 로한 잉글랜드 씨는 영등포산업선교회에서 일하면서 새만금 살리기 삼보일배를 알게 됐답니다. 호주에서는 이처럼 여러 종교가 함께 환경 문제나 사회 문제에 목소리를 내는 일이 없는데 놀랍다고 합니다. 새만금 갯벌에는 봄철에만 20여만 마리의 도요새와 물떼새가 찾아오는데 그 가운데 상당수가 호주와 뉴질랜드에서 날아온다고 말해 주었습니다. 현재 호주 상원의원인 밥 브라운을 비롯해 많은 호주 사람이 새만금 간척 사업에 문제를 제기한다고 했더니 더 놀라워합니다. 이렇게 도요새와 물떼새 들이 대륙을 건너 우리를 연결해 줍니다. 새만금은 우리 인간만의 고향이 아닙니다.

●

오전에는 《전환시대의 논리》 등의 저작으로 한국 사회 지성계를 깨우쳤던 리영희 경희대 명예 교수가 안양을 지나는 순례단을 찾아왔습니다. 아침 신문에서 순례단이 자신의 집 근처를 지나간다는 기사를 보고 나왔다며, 순례자들 손을 꼭 붙잡고는 막 우셨습니다.

> "나는 부처님, 예수님 말씀은 믿지만, 성직자에게는 불신이 있었습니다. 기대가 없었습니다. 그런데 텔레비전에서 삼보일배 하는 모습을 보면서 '아, 그래. 저것이 불교의 자비지, 하느님의 사랑이지, 희망이지' 하면서 울었습니다. 그래서 나왔습니다. 삼보일배는 이 시대의 보살행입니다."

지팡이에 의지해 걷는 것조차 힘든 몸인데도 선생은 순례단 옆을 따라 한참을 걸었습니다.

●

가수 이현우 씨는 잠시 와서 느낌을 말한다는 건 우스운 일이라며 이야기를 하지 않으려 합니다. 연예인은 대중에게 많이 노출되는 사람들이라 행동이 자유롭지 않다고 합니다. 특히 청소년들이 연예인들의 행동을 많이 따라 하는데 자신을 바라보는 청소년들이 '저 사람은 왜 저기 갔을까?' 한번쯤 생각해 보는 걸 상상하며 참여하게 됐다고 합니다.

●

전국민주노동조합총연맹(민주노총) 위원장과 조합원들이 참여했습니다.
환경을 살리려 여러 종교인과 환경 단체가 삼보일배에 나서는 게 정말 존
경스럽다고 합니다. 공사 강행 입장을 고수하는 정부의 정책과 환경에 대
한 인식에 문제가 있으며, 개혁 의지가 없는 것으로 보여 안타깝다고 합
니다. 5월 25일 여의도와 5월 31일 광화문 앞에 전국의 시민이 모일 때는
민주노총 조합원도 적극적으로 함께한다고 합니다.

●

과천 정부종합청사로 가는데 길 건너편에서 왕왕거리는 확성기 소리와 고함 소리가 들리며 어수선해집니다. '새만금은 국민의 소망 새만금 방조제를 사수하라', '새만금 발목 잡는 반대 세력은 전 국민에게 도전하는 것이다', '새만금 사업은 표본적 환경 친화 사업이다'라는 내용의 현수막을 앞세우고 새만금 매립을 찬성하는 추진 협의회 사람들이 왔습니다. 그들은 과천 지역 시민 단체들이 순례단을 환영하며 내건 현수막을 철거해 버렸습니다. 며칠 전 수원에도 찾아오더니 오늘은 과천까지 찾아와 방해합니다. 새만금 간척 사업에 이권이 관련된 사람들은 삼보일배가 진행되면서 전국이 들썩이며 커다란 파장이 일어나자 몸이 달았나 봅니다. 새만금 추진 협의회 사람들은 과천에서 방해 집회를 마치고는 안양에 있는 농업기반공사 바로 앞에 있는 유성가든에서 식사했다고 합니다. 결국 배후는 정부인가 봅니다.

●

5월 20일, 삼보일배 54일째. 마침내 과천 정부종합청사 앞에 도달했습니다. 청사 정문 앞에서 순례자인 문규현 신부가 갑자기 눈물을 흘리며 꺼이꺼이 소리 내어 통곡합니다. 친형님인 문정현 신부도 눈물을 쏟으며 순례단원들을 부둥켜안고 "그 먼 길을, 그 먼 길을…" 하며 말을 잇지 못합니다. 다들 숙연해집니다.

●

과천 정부종합청사 정문 앞에서 농림부 장관과 환경부 장관이 순례단을 기다렸습니다. "오늘 국무 회의에서 새만금신구상기획단을 6월 초까지 구성하기로 했다. 환경 단체와 종교계의 참여하에 환경을 훼손하지 않는 개발 방법을 모색하고 용도의 합리적인 선택까지도 찾겠다"고 합니다. 간척 사업의 중단 가능성은 끝내 언급하지 않았습니다. 그래도 일보 전진입니다.

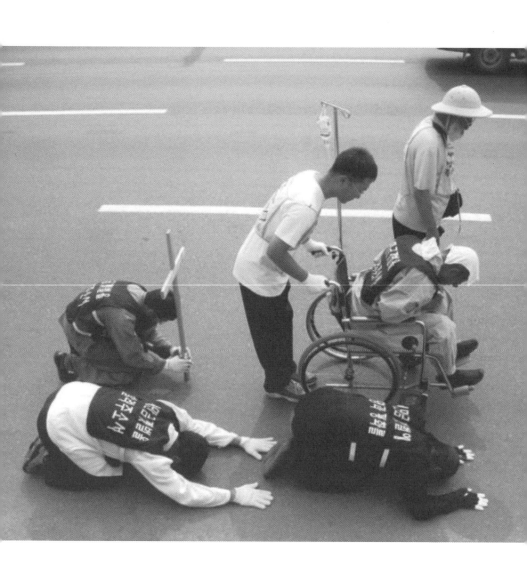

196

●

한두 시간만 더 가면 남태령 고갯마루가 나오고 비로소 서울이 보입니다. 그런데 남태령으로 가는 길에 수경 스님이 갑자기 쓰러져 의식을 잃었습니다. 119에 신고한 후 구급차가 오는 십 분이 한 생처럼 길게 느껴졌습니다. 산소 호흡기가 채워진 스님은 서울 여의도 가톨릭대 성모병원 응급실로 옮겨졌습니다. 뇌 단층 촬영을 하고 긴급하게 폐와 척추 사진을 찍었습니다. 스님은 녹내장이 있어 과로하면 실명할 위험이 있다는 이야기도 전해 들었습니다. 아직 해 저물지 않았는데도 순례단들 얼굴은 깊은 밤처럼 어두웠습니다.

●

어둡고 긴 밤이 지난 아침. 스님이 쓰러졌던 남태령 고개 아래에 모여 다시 삼보일배를 시작하려는데 구급차가 한 대 와 섰습니다. 수경 스님이 의사의 만류를 뿌리치고 다시 쓰러지는 한이 있더라도 순례에 함께하겠다고 돌아온 길이었습니다. 모두 눈물바다였습니다. 왼쪽 손등에 주삿바늘을 꽂은 채 휠체어로 옮겨 앉은 스님의 자리는 평소대로 대열의 맨 앞 왼쪽 자리였습니다. 오전 10시 25분. 남태령 꼭대기에 섰습니다. 이제는 드디어 서울 땅입니다. 서울 경계에 들어서자마자 사람들이 다시 스님을 껴안고 목 놓아 통곡했습니다.

●

남태령에서 진행팀인 장지영 씨도 그만 엉엉 울고 맙니다. 환경운동연합에서 실무자로 일하며 갯벌 보전의 화두를 붙잡고 씨름한 지 어느새 8년, 사람의 일보다 말 못 하는 생물과 자연의 벗이 돼 쉴 틈이 없었습니다. 그는 삼보일배 출발일인 3월 28일보다 훨씬 먼저 길을 나서야 했습니다. 삼보일배 행렬이 지나갈 길을 일정에 맞게 사전에 답사했습니다. 중간중간에 휴식할 만한 장소와 천막을 설치해 밥을 먹고 유숙할 만한 넓은 장소를 꼼꼼하게 물색하고 섭외했습니다. 순례가 시작되고도 진행팀장을 맡은 불교환경연대의 이원균 사무국장과 그들의 일은 끊임이 없었습니다. 지나가는 지역마다 집회 신고를 마쳐야 했습니다. 불쑥불쑥 찾아오는 정·관계, 종교계 인사들, 시민 단체 사람을 맞이하고 소통하는 일을 도맡습니다. 과일이나 떡을 싸 들고 찾아오는 숱한 시민을 안내하는 것도 일이었습니다. 순례자들이 쉬는 밤이 되면 그들은 하루의 일을 정리하고, 내일을 점검하고, 이후 필요한 일들을 준비해야 합니다. 바다를 썩지 않게 하는 0.3퍼센트의 소금과 같은 시민 사회 활동가들. 그들이 있어 세상은 아직 살 만합니다.

●

생전 처음 서울 구경 온 시골 사람들처럼 어리벙벙합니다. 6차선, 8차선 도로에 차들이 꽉꽉 들어차 점심시간이 다 될 때까지 출근길 정체가 풀리지 않는 신기한 도시입니다. 매연은 또 얼마나 심한지 매캐한 배기가스에 저절로 얼굴이 찌푸려지고 잔기침이 계속 나옵니다. 늦은 오후가 되면서 머리가 아파옵니다. 이런 곳이 뭐가 좋다고 천만 명이나 되는 사람이 몰려 사는지 참 모를 일입니다.

●

새만금 매립 찬성 추진 협의회 사람들이 다시 나타났습니다. 길 건너편에서 찢어지는 확성기 소리로 외칩니다. "삼보일배 중단하라!", "삼보일배 물러가라!", "환경 단체 물러가라", "환경을 빙자하여 새만금 사업의 발목을 잡는 자는 암적 존재다." 그 곁을 묵묵히 지나는데, 때마침 '환경을 생각하는 교사 모임' 선생들과 학생 오륙백 명이 직접 만든 예쁜 현수막을 들고 도착해 순례단에게 환호성을 보내 주었습니다. '우리에게 갯벌을 물려 주세요', '갯벌 생물과 물새들이 불쌍해요', '갯벌은 우리의 친구', '갯벌을 살리자.' 4차선 길 하나를 사이에 두고 지역 개발이 되면 나도 잘 먹고 잘살 수 있다는 미망과 미래 세대를 위해 물새와 갯벌 생물들도 살려야 한다는 간절함이 서로 마주 서 있습니다. 이 글을 보시는 당신은 어느 쪽에 서 계십니까?

●

새만금 간척 사업을 중단할 기회가 없었던 것은 아닙니다. 2001년 5월 25일, 정부는 1년여 동안 새만금 방조제 공사를 중단하고 민관 공동 조사단을 구성해 그 타당성 여부를 재검토하겠다고 약속했습니다. 하지만 새만금 간척 사업의 추진과 중단 의견 사이에서 파행적인 운영만 하다가 결국 공사를 강행하기로 재결정했습니다. 당시 환경 단체와 종교계는 서울 광화문 네거리 이순신 장군 동상에 올라가 '내가 지킨 바다를 죽이지 마라'는 현수막을 내걸기도 했습니다. "새만금의 목숨을 끊지 마라"며 서울 합정동 절두산 성지와 갯벌이 내려다보이는 해창산의 깎아지른 절벽에도 올라가 호소해 보기도 했습니다. 하지만 쇠귀에 경 읽기였습니다. 2003년 정부는 다시 새만금신구상기획단을 꾸리겠다고 합니다. 나쁜 역사가 아닌 좋은 역사가 되풀이되기를 소망합니다.

●

새만금은 우리의 부끄러움입니다. 개발이면 무조건 좋다는 무지의 산물이며, 물질의 풍요가 최고인 줄 알았던 탐욕에 우리도 눈이 멀었습니다. 언제까지 생명의 죽임 위에서 오만방자할 것인가라고 해창갯벌이 우리에게 준엄하게 묻습니다. 삼보일배 순례자들은 비폭력, 무저항, 머리 숙임의 방법으로 우리에게 큰 가르침을 줍니다.

— 원택 스님 〈삼보일배 순례단을 환영하는 범종교인 기도회 및 새만금 간척 사업 중단을 촉구하는 시민 대회 여는 말〉 중

●

서울 여의도 국회 앞에 시민 1,500여 명이 모였습니다. 시민들은 3월 28일 해창갯벌에서 출발해 오늘 여의도에 이르기까지 59일 동안 298킬로미터를 삼보일배로 행진해 온 순례자들에게 경의를 표했습니다. 온몸을 던져서 걸음걸음마다 진리를 섬기는 순수한 마음을 모아 참회의 일 배, 평화의 일 배, 생명의 일 배를 거듭하며 고행해 온 순례자들에게 고맙다는 인사를 전했습니다. 이 아름다운 고행을 바라보면서 수많은 사람이 비로소 생명의 귀중함을 깨달았고 목숨보다 더 중요하게 지켜야 하는 양심의 가치가 있음을 알게 됐습니다. '개발보다 더 소중한 보전'이 있음을 알았으며, 미물 곤충까지도 공존해야 하는 상생의 원리가 있음을 알았습니다.

— 이선종 교무 〈삼보일배 순례단을 환영하는 범종교인 기도회 및 새만금 간척 사업 중단을 촉구하는 시민대회〉에서

●

새만금 갯벌을 살리자는 간절한 호소는 단순한 자연 보호 운동이 아닙니다. 우리 사회에 생명 존중과 평화의 가치관을 정착시키는 커다란 울림입니다. 새만금 갯벌을 보전하는 것은 공존과 조화, 배려와 화해의 21세기를 살고자 하는 노력입니다. 정부는 새만금 방조제 공사를 하루 속히 중단한 뒤, 갯벌도 살리고 전라북도 도민도 살리는 대안을 찾는 데 지혜를 모아 주길 간곡히 요청합니다.

— 황창연 신부 〈삼보일배 순례단을 환영하는 범종교인 기도회 및 새만금 간척 사업 중단을 촉구하는 시민대회〉에서

●

종일 국회의사당 담을 따라 돌았습니다. 2.5킬로미터가 넘는 국회의사당 담장을 두 바퀴 돌고 나니 꼬박 하루입니다. 국민의 목소리를 대변해야 할 사람들이 있는 국회인데 전국의 시민이 298킬로미터를 삼보일배 하며 와서도 참 만나기 힘듭니다. 국회는 경찰 병력과 차량으로 자신을 이중 삼중 에워쌌습니다. 순례 행렬이 문 쪽과 가까워지면 열려 있던 문도 걸어 닫아 버립니다. 순례단이 점심을 먹고 쉬려 했던 정문 앞 빈터도 순식간에 경찰 차량이 점령해 버렸습니다.

순례자들은 여전히 묵언수행 중입니다. 이렇게 세상에서 가장 평화롭고도 고요한 절규조차 듣지 않겠다는 건지? 국민의 목소리에 귀 기울이고자 하는 의원은 누구이며, 국가 전체와 미래를 위해 일하려는 의원은 누구인지? 국민 위에 군림하려 드는 국회의원과 지역 이기주의를 부추기고 개발 지상주의를 조장하는 정치인은 반드시 심판해야겠습니다.

•

조그만 갯벌도 몇만 년 동안 쌓여서 만들어진 엄청난 것 아닌가요. 인간은 끝내 자신들이 어디에서 와서 어디로 가는지조차 알 수 없는 불완전한 존재이면서도 가끔 모든 걸 다 안다는 듯 함부로 행동합니다. 우리가 알 수 없는 세계에 대해 겸손하려는 동료 인류에게도 인간은 자주 무례합니다.

— 홍승희 동화작가

•

새만금 간척 사업 중단 대안 마련 국회의원 서명에는 108명의 국회의원이 참여했습니다. 순례자들이 국회의사당을 돌 때 청와대 앞에서는 환경단체 회원 31명이 새민금 방조제 건설 중단을 외치며 삭빌과 무기한 단식농성을 시작했습니다.

●

새만금 갯벌을 보존하자는 소리는 단지 환경을 위해서가 아니라 우리 사회에 생명 존중과 평화의 가치관을 심기 위한 몸부림입니다. 채우지 못하면 불안에 떨고, 불편을 참아 내지 못하는 인간의 끝없는 욕심을 버리지 않는 한 온 세상을 모두 파헤쳐도 인간의 욕망은 채울 수 없습니다. 이제는 인간의 욕망을 충족시키는 개발과 발전이 아니라 욕망을 참고 비워 내는 버림으로 모든 갈등을 해결할 수밖에 없습니다.

— 《불교신문》 사설 〈불법佛法의 위대성을 목격했다-새만금 살리기 3보1배 순례 회향을 보며〉 중

●

새만금보다 먼저 간척 사업이 진행돼 죽음의 호수가 된 시화호 주민 윤영배 씨가 찾아왔습니다. 시화호에서 죽은 조개껍데기 세 자루를 들고 왔습니다. 시화호는 수문 앞에서만 수질을 측정해 물이 좋아졌다느니, 시화호가 살아났다느니 이야기한다고 합니다. 시화호 간척 사업엔 8,200억 원이 들었는데 댐이 막힌 후 수질 개선 비용으로 지금까지 7,500억 원이 추가로 들었다고 합니다. 그러나 여전히 썩어 있다고 합니다. 사업 당시 한국수자원공사는 '당신들이 잘살 수 있게 땅도 주겠다'고 했으나 거짓말이었다고 합니다. 간척 사업은 자연과 생태계를 파괴할 뿐만 아니라 사람까지 죽게 하고 가정까지 깨뜨려 버렸다고 합니다. 새만금 간척 사업에 찬성하는 사람들이 어민이라면 어떻게 먹고살려고 그런 이야기를 하는지 모르겠다며 열변을 토했습니다. 시화호라는 교과서가 있는데도 정부는 뻔뻔스럽게 거짓말을 계속합니다. 윤영배 씨가 가지고 온 조개껍데기 세 자루는 대통령에게 전달하기로 했습니다.

농업기반공사는 새만금 간척을 중

경기환경운동연합 · 경기지역시민단체 일동

시화호 파괴의 주범 농업기반공사 해체하라!

●

아침에 일어나 신문 기사를 보니 정부가 만드는 새만금신구상기획단에 환경 단체는 포함시키지도 않기로 했다고 합니다. 방조제 공사 중단 여부는 논의하지 않고 토지 이용 문제만 이야기할 것이라고 합니다. 쌀 수입 개방을 앞두고 쌀이 남아돌고 지방의 공장 부지가 텅 빈 상황입니다. 새만금 갯벌을 논이나 공장 부지로 만들겠다는 건 거짓말입니다. 여전히 대통령과 정부는 개발론자들에게 둘러싸여 진실의 소리와 생명의 소리를 듣지 않습니다.

●

국회를 떠나 마지막 여정인 청와대로 출발했습니다. 신촌 근방에 이르자 대학생들의 참여가 많아집니다. 수업을 미루고 나왔다는 천유상 학생은 우리에게 지금 있는 것들, 나중에는 되돌릴 수 없는 것들을 인간의 이기심 때문에 파괴해서는 안 된다고 합니다. 에코연세 교수 십여 명과 학생 마흔 명은 학교에서 출발해 신촌 오거리까지 삼보일배로 나와 순례단에 합류했습니다. 연세대 내 오래된 연신원 건물은 큰 나무로 둘러싸여 있는데 그 숲에 청설모와 꿩, 꾀꼬리, 소쩍새가 산다고 합니다. 이곳을 모두 철거하고 빌딩을 세우려고 해서 반대 운동을 벌인다고 합니다. 연신원 숲 역시 작은 새만금이었습니다.

●

서울 마포구 '성미산 개발 저지를 위한 대책위원회' 주민들은 예쁜 나무 목걸이 선물을 들고 왔습니다. 서울 도심 산들이 배수지나 아파트 등을 만드느라 다 깎여 나간 상황에서 유일하게 도심에 남은 산이라고 합니다. 3만여 평짜리 작은 산이지만 얼마나 큰 위안과 평화를 주는지 모른다고 합니다. 성미산을 무분별한 개발에서 막아 내고 살리려 주민들이 눈에 불을 켜고 있습니다. 성미산 다람쥐들은 이런 주민들과 함께 살아 참 행복하겠습니다.

순례단의 긴 행렬이 서울역에서 남대문에 이르는 길을 꽉 메웠습니다. 길가의 많은 시민이 박수와 응원을 보내 줍니다. 한국에서 8년을 살았다는 프랑스인 패트릭 주닐론 씨는 한국의 동서 해안은 매우 아름다워 여행을 많이 다녔는데, 새만금 갯벌을 매립한다니 매우 안타깝다고 했습니다. "어떤 사람은 그것을 건설construction이라고 말하지만 나는 파괴destruction라고 말한다"고 했습니다. 순례단 소식을 고국의 친구들에게 알리겠다며 사진기 누름단추를 연신 눌러 댔습니다.

세상 만물의 숨결이신 생명의 하느님.

저희로 하여금, 저 죽어 가는 새만금 갯벌 생명들의 허덕이는 숨소리를 외면하지 말게 하소서.

갯지렁이의 몸짓 하나에서도, 작은 조개 하나에서도, 또 도요새의 날갯짓 하나에서도

그것들이 품은 거대한 생명의 신비를 결코 놓치지 않게 하소서.

대대손손 의지하며 살아온 삶터를 잃은 어민들의 눈물과 비탄 속에서

하느님, 당신의 고통을 보게 하소서.

갯벌을 잃고 함께 죽어 가는 육지와 바다와 산도 보게 하소서.

결국은 시멘트 건물과 아스팔트 위에 홀로 남아,

영혼의 외로움으로 죽어 갈 인간의 미래 또한 부디 알게 하소서.

— 심혜련 목사 〈새만금 갯벌과 전북인을 위한 기도〉

●

오전 10시, 국회에서는 '새만금 방조제 공사 잠정 중단 및 신구상기획단 구성'을 위한 국회의원 서명 결과를 발표하는 기자 회견이 열렸습니다. 전체 국회의원 273명 가운데 과반이 넘는 147명이 '타당성을 상실한 방조제 공사를 잠정 중단하고, 새만금 문제의 합리적인 해결을 요구하는 정책 제안서'에 서명한 것입니다. 여야를 초월해 많은 국회의원이 참여한 이 서명은 대통령과 정부의 결단이 보이지 않는 상황에서 새만금 문제의 합리적 해결을 촉구하는 것이기에 더욱 힘이 됩니다. 그러나 전북 지역의 국회의원은 단 한 명도 서명에 참여하지 않았다고 합니다. 국가의 장래를 위해 일하려는 것인지, 자기 지역의 이기주의와 이권만을 위해 일하려는지 도통 알 수가 없습니다.

●

원불교 사회개벽교무단에서 새만금 갯벌의 생명·평화를 지키기 위한 선언문을 발표했습니다.

> "새만금 방조제가 완료된 상태에서는 생명과 환경을 다 죽이는 죽음의 대안만 있을 뿐이지만, 현재 상태로 대안을 모색한다면 생명을 살리고 환경을 보존하는 많은 대안이 있음을 명심하여 신구상 기획단은 새만금 간척 사업의 용도 변경을 위한 기구가 아닌 오직 방조제 공사를 중단한 상태에서 대안을 찾는 기구가 돼 주기를 요구합니다."

●

세계 시민 사회 운동의 주요 단체 가운데 하나인 말레이시아 '제3세계네트워크Third World Network' 치욕링 씨는 삼보일배가 환경과 조화되는 삶을 살아야 한다는 아시아의 전통적인 가치를 몸소 가르쳐 준다고 합니다. 세계에는 다양한 사회 운동이 많은데 삼보일배가 그 가운데 가장 소중한 움직임일 수 있다고 했습니다. 이런 운동이 세계화돼야 할 것이라고 합니다. 세계 곳곳에서 습지의 가치가 과소평가됐지만, 갯벌과 습지의 실제 가치는 매우 커서 말레이시아에서도 습지 보전 운동이 활발하게 일어나고 있다는 소식을 전했습니다.

●

어제는 한국 천주교의 성지인 명동성당에서 묵고 오늘은 대한불교 조계종의 본산인 조계사에서 묵습니다. 저녁에 조계사 대웅전 앞마당에서 순례단 환영과 회향 전야 시민 한마당이 열렸습니다. 조계종 총무원장인 법장 스님이 새만금 갯벌의 생명과 평화를 위한 법문을 들려주셨습니다.

"모든 생명이 환경을 떠나서 존재할 수 없습니다. 새만금을 살리고 자연 환경을 살리는 일은 결국 그 속에서 사는 우리 자신을 위하는 것임을 깨달아야 합니다. 생명들이 서로 같이 살 수 있는 상생의 환경을 만들려면 생명 하나하나를 내 생명처럼 생각해야 합니다. 이 세상은 모두 함께 살아가야 할 세상이기 때문입니다. 자연은 누가 만드는 것이 아니기에, 인간의 욕망을 위해서 함부로 손대서도 안 되며 파괴해서도 안 될 것입니다. 인간이 인간답게 살아가는 첫 번째 규범인 불살생계는 모든 생명을 사랑하고 아끼며 보호하라는 경계의 뜻입니다. 이 마음을 바탕으로 살아 숨 쉬는 모든 생명은 다 행복하고, 평화롭기를 바라는 마음, 고통과 질곡에서 벗어나기를 바라는 마음을 일으키는 것이 바로 자비심입니다. 삼보일배 행렬을 이끌어 온 수경 스님, 문규현 신부님, 김경일 교무님, 이희운 목사님 외 수많은 순례자분이 이러한 자비심을 몸으로 직접 보여주며, 인간다움의 진정한 의미를 우리 모두에게 거듭 일깨워 주었습니다."

●

고운 백합 님 오시었네
늦게 칠게 엽랑게 달랑게 님이
옆으로 걸어 걸어 천 리 길 오시었네

날개 꺾인 도요새 물떼새 님이
절뚝절뚝 여기까지 오시었네
개불 동죽 망둥어 님 오시었네

오, 불이여 법이여 승이여

오시었네 가무락 바지락 모시조개 님이
예 오시었네 갯물 갯바람 머금은 채
칠면초 나문재 퉁퉁마디 님이

너울너울 꽃상여 머리에 이고
갯메꽃 님이 여기까지 오시었네
따개비 쑥붙이 민챙이 님 오시었네

오, 성부와 성자와 성신이여

님이 오셨네 님들이 오시었네

222

사람 사이 사람 속을 일보 일보
세 걸음에 한 번씩 큰절 올리시며

커다란 동그라미 하나 지으시며
사람 사람 사람을 향해
예까지 님들이 당도하시었네

오, 원이여 원음이여 원광이여

한 걸음은 불
한 걸음은 법
한 걸음은 승
무엇 하러 여기 오시었나

한 걸음은 성부와
한 걸음은 성자와
한 걸음은 성신의 이름으로
무엇 하러 예 오시었나

한 걸음에 무시선
한 걸음에 무처선

걸음걸음 처처개벽
무엇 위하여 여기 당도하시었나

하늘에 계시는
땅과 바다에 계시는
땅속과 물속에 계시는
우리들 몸과 마음에 계시는

나의 님, 그대의 님, 우리 모두의 님들
그 님들이 지금 여기 오시어
태초의 말씀 전하시네

지심귀명례로
인간에게 절을 하시네
엎드려 온몸으로
동그라미 하나 만드시네

그러한 오늘 어리석은 너희는
어떤 에덴을 꿈꾸는가
어떠한 룸비니를 꿈꾸는가
땅과 바다와 하늘을 짓눌러 들쑤셔

어떠한 개벽을 도모하는가

바보 같은 너희,
참으로 바보인 너희여

싱그러운 우리의 님들을
능멸치 말라
살생치 말라
압살치 말라

그 은혜를 알아 보은을 하라

가라, 가라!
이제는 너희가
삼보일배로 참회의 천리길을 가라!

백년을 두고
천만년을 두고
참으로 어리석은 너희들이여!

— 고규태 시인 〈삼보일배의 노래〉

●

청와대 앞길에 도착하자 마중 나온 건 경찰이었습니다. 미리 경계줄을 치고 삼엄하게 기다렸습니다. 거기까지였습니다. 경찰은 순례자 중 네 명의 성직자들만 청와대 앞 분수대까지 들어가게 허락했습니다.

●

2003년 5월 31일 오후 2시 서울시청 앞 광장에서는 시민 사회 단체와 환경 단체를 포함해 7,000여 명의 시민이 참여한 '새만금 간척 사업 중단을 염원하는 기도회 및 삼보일배 행렬 맞이 시민대회'가 열렸습니다. 322킬로미터의 대장정을 마친 새만금 갯벌 삼보일배 순례단이 청와대 앞을 나와 시청 앞 광장에 도착했을 때는 모든 이가 기립해 뜨거운 박수로 맞아 주었습니다. 새만금 갯벌부터 따라온 자벌레들과 갯지렁이와 농게와 찔룩새와 도요새 들의 수만 영혼도 순간 어깨가 우쭐해졌습니다.

●

고미숙 고전평론가는 〈새만금은 이제 우리 모두의 화두〉라는 제목으로
65일간의 대장정을 마무리하는 이날의 현장을 기록했습니다.

　서울시청에 도착하니 이미 대회가 진행 중이었습니다. 집회장 자
체가 마치 갯벌 같았습니다. 갯벌은 육지와 바다의 경계 지대입니
다. 육지도 아니고 바다도 아닌. 아니, 육지이기도 하고, 바다이기
도 한 '사이의 공간'입니다. 다양하고 이질적인 생명체들이 흘러오
고 흘러가는 '생명의 필드', 갯벌! 갯벌 간척이란 바로 그 흐름을 끊
어 버리려는 '죽음의 광풍'입니다. 그것을 잠재우려면 갯벌의 평화
와 상생의 원리를 보여 주어야 합니다. (…) 오직 생명과 평화라는
슬로건 말고는 아무런 공통성이 없는 군중들의 집합. 이 불균질성
이야말로 갯벌의 생명력을 그대로 증언해 주는 것이 아닐까요. (…)
'모두에게 모든 것을, 우리에겐 아무것도!'라는 괴상한 슬로건을 내
건 혁명가들이 있습니다. 멕시코 동남부 라칸도나 정글의 원주민
해방군, 사파티스타. 제국주의 자본에 맞서 봉기한 그들은 이렇게
말합니다.
"정글은 500년간 우리의 삶의 터전이었다. 우리는 정글을 맥도날
드, 고속도로, 호텔 따위와 바꾸고 싶지 않다."
(…) 그런데 이 땅에서도, 지난 1세기 동안 오직 근대화를 향해서만
맹목적으로 질주해 왔던 이 땅에서도, 저항은 오직 분노로만 표현
됐고, 결코 계급의 경계, 인간의 경계를 넘지 못했던 이 땅에서도

'축제와 혁명, 혁명과 구도의 아름다운 일치', '포연 없는 전쟁'이라
는 생성의 장이 펼쳐진 것입니다. 지금 이 순간!

●

65일간의 삼보일배 고행이 김경일 교무에게 준 선물은 아주 소박했습
니다.

"'자연에 대한 고마움'입니다. 길가에서 잠시 쉴 때 불어오는 작은
바람 앞에서 그동안 '바람의 싱그러움과 부드러움'을 잊고 살아 왔
음을 알았습니다. 주저앉은 풀섶에서 문득 발견한 개불알꽃 한 송
이에서 우주의 오묘함과 조화를 보았습니다. 만물에 대한 감사의
마음을 잊는다면 사람다운 삶, 온전한 삶은 불가능합니다."

— 《한겨레》 곽병찬 기자 〈3보1배 '징검다리' 김경일 원불교 교무〉 중

●

삼보일배는 단순히 새만금 간척 사업을 반대하려고가 아니라 오늘날의
환경 위기를 초래한 물질 위주의 삶, 개발과 성장 위주의 정책을 우리 모
두 한번쯤 돌아보자는 뜻에서 시작된 것입니다. 지난 몇 년 동안 환경 운
동에 참여하면서 우리의 삶이 근본적으로 달라져야 한다고 생각하게 됐
습니다. 그렇지 않으면 설사 새만금을 중단하고 그 돈을 다른 개발 사업
으로 돌려도 다시 제2, 제3의 새만금이 나오게 마련입니다.

— 수경 스님, 《조선일보》 이선민 기자 〈행진 마친 收耕 스님 단독 인터뷰〉 중

●

새만금 갯벌에서 벌어지는 무수한 생명 파괴와 이라크에서 벌어지는 전쟁은 결국 사람들의 무분별한 욕심 때문입니다. 우선 남을 탓하기 이전에 종교인들 스스로 고행을 통해서 이를 성찰하고자 했던 목숨을 내건 삼보일배는, 현대인들의 짧은 소견으로는 감히 상상조차 할 수 없는 것이었습니다. 특히 과도한 소비 생활이 만연하고, 무분별한 생명 파괴 속에 찌든 현대인들에게 갯벌의 뭇 생명의 평화를 염원하는 종교인들의 땀과 눈물은, 모든 생명에 대한 경외심과 그 경외심을 잊고 살아온 것에 자성할 계기를 만들어 주었습니다.

― 장지영 〈아스팔트 위에서 본 새만금 삼보일배 그 땀과 눈물〉 중

●

삼보일배는 끝났으나 이 사랑의 여정을 계속 갑니다. 사랑에 빠지기는 쉬운데, 그 사랑을 가슴 깊숙이 오래 품고 사랑한다고 말하며 또 얼마만큼 사랑하는지, 정말 하늘만큼 땅만큼 사랑하는지 표현하기는 참으로 어려운 것 같습니다. 삼보일배. 차로 단 몇 시간이면 그냥 달려갈 길을, 계절이 갈리고 65일, 36만여 걸음, 12만여 번을 절하며 갔습니다. 눈물과 땀, 고난과 인내로 뒤범벅이 된 채 함께 사랑하고 함께 걸으며 함께 기도해 주신 모든 분 감사합니다. 사랑합니다. 여러분이 내어 주신 사랑은 일 보일 배로 갚는다 해도 다 갚을 길이 없습니다. 막막하게 시작했던 삼보일배 여정을 은총과 기쁨으로 채우고, 단순함과 충만함 속에 마칠 수 있었습니다. 눈앞의 결과로만 따지자면 허망하기 그지없는 일, 하지만 보이지 않게 또 길게 보면 우리는 어쩌면 얻을 것을 다 얻었습니다. 이 모든 것이 생명과 평화를 향한 자신의 사랑을 표현하기로 작정한 여러분 덕입니다.

— 문규현 신부 〈삼보일배는 끝났으나 이 사랑의 여정을 계속 갑니다〉 중

순례, 그 후…

●●

순례 마무리 며칠 후인 6월 2일, 새만금갯벌생명평화연대는 서울 조계사에서 '새만금 간척 사업 중단을 촉구하는 종교·시민 사회단체 기자 회견'을 열었습니다. "삼보일배 참가자들이 보여 준 소리 없는 실천을 침묵으로 방치하는 정부에 결단을 촉구하며" 무기한 농성에 들어갔습니다.

••

2003년 6월 9일 오후, 농업기반공사는 군산에서부터 시작되는 새만금의 제4공구 구간을 기습적으로 메웠습니다. 최성각 소설가(풀꽃평화연구소장)는 〈새만금의 죽음〉이라는 글로 당시 상황을 알렸습니다.

"조계사 앞 단식 농성장에 있던 사람들이 청와대 앞 네거리에 모였습니다. 기습 공사를 규탄했고, 그 공사를 알고 있었던 청와대를 성토했습니다. 깊은 밤, 활동가들은 현장으로 달려가 4공구 방조제의 끄트머리, 2미터쯤 남은 물길을 지키던 부안 사람들과 합류했습니다.

이튿날 많은 사람이 현지로 달려가 삽과 곡괭이를 들고 막혀 가는 방조제 끝자락을 파헤쳤습니다. 조금이라도 더 물길을 넓히려는 눈물겨운 안간힘이었습니다. 장대비 속에서 수십 명이 5시간여 달라붙어 가까스로 2미터쯤 물길을 열었습니다. 그렇지만 그 물길은 거대한 굴삭기에 단 10분 만에 메워져 버렸습니다. 굴삭기는 '보호받는 폭력'이었고, 2미터라도 물길을 넓히려는 활동가들의 안간힘은 국책 사업 방해자가 된 셈입니다.

4공구 끝자락에 달려간 사람들에게 가해진 폭행은 그 뒤에도 계속됐습니다. 갯벌을 죽이는 것이 '발전'이라고 주입된 사람들이 여러 활동가를 폭행했습니다. 발길질과 주먹질에 실신해 병원에 실려

간 사람도 있었습니다. 취재 기자의 카메라도 파손됐습니다. 경찰
은 그런 폭행을 지켜보기만 했습니다. 항의하자 "당신들이 먼저 국
책 공사를 방해하는 잘못을 저질렀다"고 답했습니다. 얼마 후 환경
단체 사람들은 농업기반공사에 고소당했습니다. '살림'의 사람들이
'죽임'의 사람들에게 폭행당하고, 고소당했습니다.

인도의 소금행진 때 영국 경찰이 강철을 입힌 방망이로 간디를 따
르던 사람들의 머리를 내려쳤습니다. 곤봉에 맞아 볼링 핀처럼 쓰
러지면서도 단 한 사람도 곤봉을 피하지 않았다고 '비폭력의 역사'
는 전합니다. 비폭력非暴力을 '폭력이 아니다'라는 뜻으로만 읽어서
는 안 됩니다. 비폭력은 '폭력이 아닌 힘'입니다. 폭력이 아닌 분노
이고 눈물이고, 그래서 기도이기도 합니다."

239

••

2003년 6월 20일 4대 종단 여성 성직자, 수도자들이 '새만금 갯벌과 전북인을 위한 기도 순례'에 나섰습니다. 박후임 목사(새터교회·기독여민회 회장), 오영숙 수녀(새만금갯벌생명평화연대 집행위원장), 김현옥 수녀(서울대교구 환경사목위원회 사무국장), 김근자 수녀(성심수녀회), 혜성 스님(조계종 대원사), 양영인 교무(원불교 유린교당) 등이 앞장섰습니다. 서울 명동성당을 출발해 7월 1일 새만금 해창갯벌에 도착했습니다. 내내 묵언 속에 기도하며 걸었습니다.

• •

2003년 7월 15일 기쁜 소식이 전해졌습니다. 서울행정법원 행정3부는, 지난 6월 새만금 주민과 시민 단체가 농림부 등을 상대로 낸 새만금 사업의 집행 정지 가처분 신청을 받아들여, 방조제 공사와 관련된 일체의 공사를 본안 사건 선고 전까지 전면 중단하라고 결정했습니다.

판결문은 새만금 간척 사업의 사업 백지화 내지 전면 수정 가능성까지 내포했습니다. 재판부는 결정문에서 "사업의 목적은 농지 조성과 수자원 개발인데 새로 조성될 담수호는 수질의 심각한 오염으로 인해 당초 계획대로 농업용수를 4급수로 유지할 가능성이 희박해 애초 사업 목적을 달성하기 어려울 것으로 예상된다"고 밝혔습니다. 더불어 "사업 시행으로 방조제가 완성돼 담수호가 오염될 경우 회복에 엄청난 비용이 드는 등 손해를 입게 되고 방조제 공사 중 미완공 부분도 조만간 완공 예정에 있어 본안 선고에 앞서 집행을 미리 정지해야 할 급박한 사정이 인정된다"고 했습니다. 또 "방조제 공사가 중단되면 방조제 토석 유실에 따른 보강 공사에 비용이 소요돼 공공복리에 중대한 영향을 미친다는 주장도 있으나 이는 방조제 공사 완공으로 입게 될 수질 오염이나 갯벌 파괴 등 환경 피해에 비하면 집행 정지를 배제할 정도는 아니다"라고 덧붙였습니다.

●●

순례단과 새만금갯벌생명평화연대는 서울행정법원의 판결을 환영했습니다.

"12년 동안 진행돼 온 새만금 방조제 사업을 중단시킨 법원의 용기 있는 판단은 우리 사회의 성장 지상주의 패러다임에 굵은 획을 긋고, 새로운 시대로 나아가게 하는 역사적인 선포요, 일대 사건입니다. 찬성이든 반대이든 우리 모두에게 하늘이 선사한 절호의 기회입니다. 대립의 날을 죽이고 상생과 화해, 공존을 모색할 수 있는 소중한 시간입니다. 우리가 간절히 바라는 것은 상생과 화해, 공존입니다. 생명의 소중함이고 평화로운 사회입니다. 특정 집단의 이기심이 아니라 모든 생명의 이로움입니다. 지금 새만금 갯벌을 둘러싸고 겪는 대립과 갑론을박은 사실 값비싼 교훈과 배움의 시간입니다. 우리 모두가 어차피 치러야 하는 대가이고 통과해야 하는 정화의 시간입니다. 서로 살게 하면서 이 시기를 지혜롭게 극복한다면 우리는 한층 성숙하고 아름다운 사회를 만들 것입니다."

••

영국 바스 지역의 중고생들은 삼보일배 소식을 접하고 '에코—프라이어'라는 환경 운동 단체를 만들었습니다. 학생들은 새만금 갯벌에 도래하는 멸종 위기종인 넓적부리도요, 쇠청다리도요를 보전하고자 새만금 간척 사업 반대 서명 운동을 펼쳐 4,000여 명에게 서명받았다고 합니다. 그리고 모금 운동을 벌여 2004년 2월 2일 세계 습지의 날에 즈음해 한국의 순례자들을 영국으로 초청했습니다.

— 수경 스님, 《한국일보》 송두영 기자 〈수경 스님-이주향 수원대 교수 대담〉 중

244

●●

2003년 삼보일배의 진정성은 세계적인 공감과 연대를 이끌어 냈습니다. 2004년 세계 습지의 날 하루 전 한국 우포늪을 비롯해 영국, 독일, 이탈리아, 스위스, 미국, 태국의 람사르 습지에서 동시에 새만금 살리기 삼보일배가 진행됐습니다. 세계일화世界一花라 했습니다. 우주 전체가 한 생명이어서 생태에는 국경이 없습니다. 2004년 새만금을 살려야 한다고 전세계 88개국에서 1만 1,600통의 편지가 전해져 왔습니다. 이 편지들은 한국 정부에 전달됐습니다.

— 수경 스님, 《한국일보》 송두영 기자 〈수경 스님-이주향 수원대 교수 대담〉 중

– 2003년 7월 15일 서울행정법원의 새만금 간척 공사 집행 정지 가
처분 소송에 불복해 정부 항고
– 2004년 1월 29일 서울고등법원이 서울행정법원의 집행 정지 가
처분 결정을 기각
– 2006년 3월 16일 대법원 새만금 매립 허가
– 2006년 4월 21일 정부 제4공구 방조제 최종 물막이 공사 완료

대법원 판결이 난 다음 날부터 농촌공사는 15톤 덤프트럭 21만 대 분량의 돌망태와 석재를 바다에 쏟아부었습니다. 2006년 3월 28일, 삼보일배 순례에 나선 지 3년이 되던 날에 문규현 신부가 글을 남겼습니다.

"새만금 방조제 끝물막이 공사를 한다고 엄청난 크기의 돌들을 사정없이 바다로 들이붓는데, 그 소음 소리가 거칠게 가슴팍을 내리치고 귓전을 부수는 듯한 고통에 요즈음 저도 모르게 놀라 자주 잠을 깨곤 합니다. 방조제 공사를 막겠다고 배를 끌고 바다로 나간 어민들이 안간힘을 쓰고 절규하던, 전쟁터나 다름없던 그 참담한 현장이 눈앞에 펼쳐지곤 합니다. 한밤중에 전화를 걸어와 '정말 이대로 새만금 갯벌이 죽어야 하는 거냐'고 엉엉 울어 대던 벗들의 울음소리도 자꾸만 울립니다. 내 손을 부여잡고 '우린 이제 어떻게 하냐'고 가슴을 치던 조개 잡는 아낙들의 절망도 있고, 십 년 넘게 몸던져 싸웠건만 결국 허망하게 막히는가 싶어 고개를 들지 못한 채

우는 환경 운동가들의 아픈 표정도 있습니다. 그 길고 힘들던 삼보일배 끝에 절룩거리는 수경 스님의 다리와 그분이 의지하는 지팡이도 가슴을 후빕니다. 구속된 어민 대표를 면회하고 돌아오는 길에는 말할 수 없이 심경이 처연했습니다. 이 정권은 어찌 이다지도 모질고, 어찌 이다지도 잔인하고 무지할 수 있는지, 어찌 이다지도 못됐는지…. 광화문 농성장을 지키고, 전주 종교인들의 단식장과 해창갯벌에서 미사를 드리며, 또 대법원 앞에서 밤샘 기도하는 이들과 함께 수없는 절을 바치면서도 자꾸만 맺히는 눈물을 주체할 수가 없었습니다."

— 문규현 신부 〈새만금 삼보일배 3주년, 새만금 갯벌의 부활을 기다리며〉 중

●●

2006년의 새만금 대법원 판결은 '자연과 생명에 대한 호소 기각'이라고, 동국대 불교문화연구원 서재영 연구교수는 말했습니다.

"엄밀히 따져 보면 자연은 인간이 만든 법으로 재판할 대상이 아닙니다. 자연은 우주적 질서와 법칙에 따라 생성되고 유지되며 소멸해 가는 지극히 자연적인 존재이기 때문입니다. 뿐만 아니라 자연은 인간의 법을 만드는 데 참여한 적도 없으며, 그 법의 발효에 동의한 적도 없습니다.

따라서 인간의 법으로 자연의 이해와 관련된 문제를 심판하는 것은 불합리한 처사가 분명해 보입니다. 어떤 의미에서 이번 판결은 법리를 내세워 자연의 죽음을 선고한 것이라고 할 수 있습니다. 무수한 생명의 죽음과 생태계의 파괴를 담보로 하는 개발은 합법화되고, 자연과 생명에 대한 호소는 기각됐기 때문입니다.

《화엄경》은 미세한 먼지 속에도 수없이 많은 불국토가 있다고 했습니다. 이를테면 새만금 갯벌의 미세한 먼지 알갱이 하나하나 속에도 무수한 불국토가 있고, 수많은 부처님이 계신다는 것입니다. 이 같은 직관은 한 방울의 물속에도 팔만사천의 생명이 있다는 선禪의 통찰로 이어집니다. 실제로 토양생물학자들에 따르면 1그램의 흙 속에도 10억 마리에 달하는 유기체가 살고, 그 속에 사는 미생물의 종류만도 1만여 종에 달한다고 합니다. 한 방울의 물과 한 줌의 흙 속에도 이렇게 많은 생명이 살므로 선승들은 물 한 모금 마실 때조

차도 함부로 하지 않았습니다. 미세한 생명을 해치지 않으려 섬세한 천으로 만든 물거르개로 한 방울의 물이라도 걸러 마셨습니다. 비록 눈에 보이지 않는 생명이라 할지라도 나 살자고 남을 해치지 말라는 정신이었습니다.

그런데 새만금 사업은 무려 33킬로미터에 달하는 거대한 방조제를 쌓아 여의도 면적의 140배에 달하는 바다와 갯벌을 매립하는 것입니다. 법원의 판결이 생명을 죽일 권리를 부여한 것이 아니었음에도 인간을 위한 개발은 자연에 대한 사형 선고가 되고 마는 셈입니다."

••

세월이 흘러, 김준 광주전남연구원 책임 연구원이 2021년 새만금 갯벌과 사람들에 대한 기록을 남겨 주었습니다.

"봄, 여름, 가을, 심지어 겨울까지 부안 계화도 어머니들은 그레를 들고 망태기를 등에 지고 갯밭으로 나갔습니다. 아홉 가지 어패류가 많다는 '구복작', 백합 씨알이 굵고 큰 '삼성풀', 마을에서 가장 멀리 있는 '만전연풀' 등 넓고 너른 갯벌이라 귀하고 소중함을 몰랐습니다. 화수분처럼 나가면 가득가득 백합을 캤던 황금 어장이었습니다. 백합만 아니라 동죽, 소라(피뿔고둥), 개불, 맛, 바지락, 모시조개….

방조제로 물길이 막히자 조개들의 천국은 순식간에 무너졌습니다. 수천 년 들물과 날물이 만든 갯벌이 무너지는 건 일순간이었습니다. 어민들은 물길을 따라 점점 깊은 곳으로 멀리 나가야 했습니다. 마지막 물막이 공사가 끝난 얼마 후 비가 많이 내렸습니다. 그렇게 우리나라 최대 백합 산지였던 부안·김제·군산권 갯벌은 처절하게 무너졌습니다.

계화도 어머니들은 백합밭을 잃고 우울증에 시달렸습니다. 하루 벌어 하루 사는 일당 벌이를 찾아다니기도 했습니다. 농사짓는 것보다 갯일이 더 익숙한 그들이었습니다. 화수분처럼 백합을 내주던 갯벌이 있어 논밭을 마련할 필요도 느끼지 못했습니다. 더는 백합을 잡지 못하자 마을을 떠난 사람도 있었습니다. 백발의 어르신들은 힘을 잃고 허드렛일을 찾아 이곳저곳을 기웃거렸습니다. 천국은 지옥으로 변해 버렸습니다. 예전처럼 오순도순 백합 잡이를 하며 정을 나누던 마을 공동체도 무너졌습니다. 다툼도 많아지고 삭막하게 변해 갔습니다."

— 〈백합, 그날 이후… 조개들의 천국은 지옥이 되었다〉 중

- 2010년 8월 새만금 방조제 세계 최장(33.9킬로미터) 방조제로 기네스북에 등재
- 2010년 1월 '새만금 사업 촉진을 위한 특별법'에 따라 정부가 발표한 종합 계획은 '농업 용지 30퍼센트, 산업·관광 용지 등 70퍼센트' 개발로 바뀜
- 2011년 4월 정부와 전라북도, 삼성그룹 간에 새만금 투자 협약 양해 각서를 체결
- 2023년 6월 다큐멘터리 영화 〈수라〉 개봉. 제20회 서울국제환경 영화제 대상 수상
- 2023년 8월 '제25회 세계 스카우트 잼버리'가 해창갯벌 인근에서 열림. 전 세계 158개국의 청소년 약 4만 3,000명이 참가. 세계 각지를 번갈아 가며 4년마다 열리는 '청소년의 문화올림픽'이지만, 세계적인 환경 습지를 강제로 메워 버린 새만금에서는 전시성 행사로 전락. 폭염과 폭우, 대책 없는 진행 등 최악의 환경이 문제가 돼 대회장이 폐쇄되고 조기 철수하면서 세계적인 망신거리가 됨

2023년, 정부는 예비 타당성 조사까지 면제하며 새만금 신공항 건설을 계획합니다. 유럽 등지에서는 기후 위기 시대, 화석 연료 사용을 줄이려고 국내 항공선 운항을 중단한다고 합니다. 우리나라는 기존에 있는 공항도 이용객이 적어 활주로에 고추를 말린다는 우스갯소리도 있는 작은 국토입니다. 신공항은 군산 미군 기지 활주로를 하나 더 추가하는 일, 새

만금 갯벌을 다국적 전쟁 기지로 내놓는 일. 그래서 새만금에 마지막 남은 갯벌인 '수라' 지역을 다시 매립한다고 합니다.

2024년 지금, 새만금 살리기 삼보일배에 나섰던 사람들은 여전히 근본적인 반성과 성찰을 요구하며 싸웁니다. 신공항 건설 저지를 위해 세종정부청사 환경부 앞에서는 '새만금 신공항 백지화 공동행동'의 시민들이 수백 일에 걸쳐 천막 농성을 합니다.

새만금시민생태조사단의 공동단장인 오동필 씨는 20년 전 대학생일 때부터 새만금시민생태조사단에 참여했습니다. 군산 시민인 그는 당시 도요새 떼의 아름다운 군무를 기억하며 지금도 시간이 날 때마다 새만금을 찾아 새를 관찰하고 변하는 갯벌을 기록합니다. 영화 〈수라〉는 황윤 영화감독이 오동필 씨와 함께 새만금 개발 구역 북단에 마지막 남은 수라 갯벌을 기록한 이야기입니다.

서울시의 3분의 2 크기인 새만금 매립지는 대부분 폐허 상태로 버려져 있습니다. 썩어 가는 매립지를 정화하는 비용만 늘어갑니다. 수만 마리 도요새 떼는 이제 찾아볼 수 없습니다. 마지막 희망을 가지고 삼보일배 행진에 함께했던 백합 바지락 동죽 가무락조개 떡조개 개량조개 갈게 길게 칠게 콩게 그물무늬금게 농발게 갯지렁이 큰구슬우렁이 말미잘 민챙이 가시닻해삼 각시흰새우 대사리 맵사리 말뚝망둥이 짱뚱어 통통마디 칠면초 등의 안부는 이제 모릅니다.

삼보일배 당시 맨 앞에 섰던 수경 스님은 (사)세상과함께를 만들어 새만금 살리기에 함께합니다. 문정현 신부, 문규현 신부 등 평화바람 사람들은 전북 지역 환경·시민 사회단체 등과 함께 새만금 신공항 건설을 반대하며 군산 하제마을 '팽나무 문화제'를 축으로 운동을 지속합니다. 이희운 목사와 김경일 교무 역시 사람의 길, 생명의 길, 평화의 한길에 여전히 서 있습니다.

●●

2021~2024년

(사)세상과함께에서는 2003년 삼보일배와 2008~2009년 오체투지의
정신이 오늘 여기에서도 여전히 필요하다는 마음으로 이 책의 발간을 계
획했습니다. 평범한 이들이 쉽고 알차게 삼보일배와 오체투지의 지난 정
신과 진행 과정을 후체험의 방식으로 참여해 볼 수 있는 기록산문집을 기
획하고 편찬해 내기까지 다음의 중요한 과정이 있었습니다.

한의사 공부모임 '지금여기'는 2021년 4월 첫 회의를 시작으로 삼보일
배·오체투지 순례 자료를 찾고, 모으고, 정리하고, 목록화하는 일에 나
섰습니다. 모임에서 활동하는 한의사 50여 명이 1차로 인터넷을 검색해
신문 기사와 글, 사진과 영상 등 관련 자료를 최대한 모았습니다.

이를 바탕으로 (사)세상과함께 '삼보일배오체투지 환경상' 운영위원회는
백서준비팀(10명)을 구성해, 당시 순례에 참여했던 단체와 개인에게 연락
해 직접 자료를 전달받거나, 자료가 남아 있는 인터넷 사이트를 안내받아
하나하나 확인하며 2차 작업을 진행했습니다. 더불어 순례에 사용했던
징과 구호가 적힌 조끼(몸자보), 무릎 보호대, 구멍 난 장갑 등 관련 물품
을 기증받아 모았습니다.

자료 수집과 동시에 백서준비팀은 같은 해 5월부터 10월까지 삼보일배·오체투지 순례 진행팀 분들을 인터뷰했습니다. 모두 25명(삼보일배 10명, 오체투지 15명)으로, 대면 인터뷰(22명)와 서면 인터뷰(2명), 화상 인터뷰(1명) 방식으로 진행했습니다. 당시 코로나 상황으로 어려움이 있었지만, 백서준비팀은 2~3명씩 짝을 지어 강릉, 정선, 일산, 서울, 하남, 아산, 용인, 수원, 세종, 전주, 함양, 장수, 부안, 남원, 목포 등 전국 각지에서 각자의 삶을 살아가는 진행팀을 한 명 한 명 만나 순례 이야기를 들으며 더 자세한 정보를 모을 수 있었습니다. 오체투지 순례 진행팀원 마웅저 씨는 고국 미얀마로 돌아가 민주화 운동 중이어서 부득이 화상 인터뷰를 진행했습니다. 이때는 백서준비팀 전원이 참여했습니다.

백서준비팀은 그동안 모은 자료를 정리하고, 백서를 고려한 목록화 작업을 구체화하고, 부족한 자료는 직접 생성했습니다. 생업이 있어 바쁜 와중에도 각자 한 주 동안 맡은 일을 하고, 매주 회의에서 진행 상황을 점검하며, 다음 할 일을 나누는 방법으로 진행했습니다. 7개월에 걸쳐 총 34회 화상회의를 하고, 날마다 상시로 메신저로 논의했습니다.

2021년 11월 27~28일에는 백서준비팀 전원이 1박 2일 일정으로 모여 자료를 총정리하고, 마지막 일정으로 오체투지를 했습니다. 2008년 9월 4일 오체투지 순례 첫날, 지리산 노고단에서 내리막길을 가며 온몸이 거꾸로 쏟아졌던 순례자들의 경험을 조금이라도 체험하고자, 백서준비팀 모두가 내리막길과 오르막길에서 오체투지를 하고, 마지막으로 평지에서 마무리했습니다.

2021년 12월, 모든 자료를 출력해 총 12권, 1만 2,000여 쪽으로 〈백서 기초 자료집〉을 완성했습니다. 이후로는 백서준비팀을 해산하고 백서기획팀(4명)을 꾸려 서록집을 준비했습니다. 2021년 4월 첫 모임 이후 책이 나오기까지 오랜 기간 자료를 함께 찾고 정리한 여러 사람의 노고와 정성이 있었습니다.

사람의 길, 전환의 길, 생명 평화의 길
"성찰하고 표현하라, 공감하고 연대하라"

1.

조금 알면 오만해지고
조금 더 알면 질문하게 된다.
거기서 조금 더 알면 기도하게 된다.

−라다크리슈난

그렇습니다. 조금 알면 우쭐해집니다. 다 안다는 듯이 으스대고, 자기보다 많이 알지 못하는 사람이나 힘없는 존재를 함부로 대합니다. 오만은 무지에서 비롯됩니다. 탐욕과 어리석음이 '하늘 높은 줄' 모르게 합니다. 탐진치貪瞋痴 이 세 가지 독毒이 만 가지 악의 근원입니다.

조금 더 알면 묻기 시작합니다. 라다크리슈난의 경구를 시대와 문명 차원으로 넓히면 의미심장해집니다. 서구 근대는 인간을 신의 자리에 올려놓고 유토피아를 향해 질주했지만 불행하게도 근본적 질문을 하지 않았습니다. '이런 삶이 좋은 삶인가'라고 묻지 않았습니다. '지구 자원은

262

무한한가'라고, '모든 것은 연결되어 있는가'라고 자문하지 않았습니다. 근대 문명은 자기를 객관화하는 능력이 없었습니다.

이제 질문의 시대입니다. 우리의 지식과 기술이 감당할 수 없는 세상이 펼쳐지고 있기 때문입니다. 뭔가 잘못돼도 크게 잘못되었다는 생각을 지울 수 없기 때문입니다. '이것이 과연 우리가 원한 삶인가', '인류 문명이 언제까지 지속될 수 있을까'. 하지만 그 목소리는 크지 않습니다. 설령 질문을 하더라도 답을 구하려 들지 않습니다. 누가 애써 해결책을 제시해도 행동으로 옮기지 않습니다. 변화를 불편해하거나 심지어 두려워합니다. 어제보다 오늘이, 오늘보다 내일이 더 나빠지는 사태가 계속되고 있습니다.

'깨어 있는 정신'들은 오래전부터 기도했습니다. 인간의 탐욕과 무지를 안타까워하면서 하늘을 올려다보고 땅을 어루만졌습니다. 그 기도 중 하나, 아니 '기도 중의 기도'가 삼보일배와 오체투지입니다. 인간의 인간다움을 가로막고 생명의 생명다움을 훼손하는 현장에서, 그리고 그 현장들이 사방으로 번져 나가는 '길' 위에서 세 걸음 걷고 한 번 절하면서, 온몸을 땅에 던지면서 사람과 뭇 생명과 천지자연의 공생공락을 염원했습니다.

질문과 기도는 각각 지성, 영성과 연관됩니다. 이제 질문을 부여안고 간구해야 할 때입니다. 간구를 붙잡고 실천할 때입니다. 지성과 감성과 영성이 조화를 이루는 삶, 그런 삶을 향해 손잡고 나아가야 할 때입니다. 시간이 많지 않습니다. 장기 비상사태라고도 불리는 복합 위기가 이미 도래했습니다. 지구가 불타고 있습니다. 화석 연료가 고갈되고 생물종이 사라집니다. 양극화와 불평등이 지구촌을 뒤덮고 있습니다. '전시 상태' 라고 해도 과언이 아닙니다. 미래가 급격하게 작아지고 있습니다.

우리가 2003년 삼보일배와 2008년 오체투지를 되돌아보는 이유가 여 기에 있습니다. 이대로 가다간 공멸합니다. 기존의 가치관과 삶의 방식 을 고수한다면 인류는 조만간 사라질지 모릅니다. 일찍이 아인슈타인은 '어떤 문제를 일으킨 사고방식으로는 그 문제를 해결할 수 없다'고 경고 한 바 있습니다. 그렇습니다. 오늘의 사태를 발생시킨 낡은 생각을 버려 야 합니다. '사람의 길, 생명의 길'을 다시, 새롭게 열어 나가야 합니다. 삼보일배와 오체투지 정신을 우리 마음 안에서 되살리고, 그것을 국가와 사회 곳곳으로, 지구 전체로 확산시켜야 합니다. 뒤돌아보며 참회하고, 이웃을 둘러보며 꿈꾸고, 멀리 내다보며 기도해야 합니다. 행동해야 합 니다.

2.

삼보일배-오체투지는 '눈먼' 시대와 문명 앞에 한 줄기 '빛'을 선사한 하나의 사건입니다. 국가와 사회, 산업 문명의 폐해를 두루 살피고 더 나 은 내일로 나아가는 길을 꿈꾸게 한 전환점입니다. 우리 안에 잠들어 있 는 생명에 대한 감수성을 일깨운 '죽비 소리'입니다. 천지자연을 인간의 물질적 풍요를 위한 수단으로 전락시켜 온 법과 제도의 '민낯'을 드러낸 비폭력-불복종 직접 행동입니다. 무엇을 어떻게 해야 새로운 길을 열어

나갈 수 있을지 함께 모색하게 만든 촉진제입니다. 한마디로, 모두를 위한 참회 기도이자 모두의 미래를 위한 순례인 것입니다.

삼보일배는 문자 그대로 세 걸음 걷고 한 번 절하는 수행법입니다. 불가에서는 불보佛寶, 법보法寶, 승보僧寶를 일컬어 삼보三寶라고 하거니와, 삼보에 귀의하는 행위를 삼보三步로 변용해 행선行禪의 한 방식으로 정착시킨 것입니다. 첫걸음에는 내 안의 탐욕을, 두 번째 걸음에는 분노하는 마음을, 세 번째 걸음에는 어리석음을 반성합니다. 그리고 무릎 꿇고 두 손과 이마를 땅에 대며 참회와 성찰을 새로운 삶을 위한 희구로 승화시키는 것입니다.

인간은 두 발로 서고 걸으면서 땅과의 접촉면을 최소화했습니다. 서 있거나 걸을 때 우리는 땅과 수직합니다. 땅과 멀어집니다. 그렇다고 머리가 하늘과 가까워지는 것은 아닙니다. 우리는 도구와 기계를 다루면서, 천지자연을 '무한한 자원'으로 여기면서 문명을 진전시켜 왔습니다. 하지만 그러는 사이, 우리는 땅과 멀어지고 하늘에 무심해지고 말았습니다. 삼보일배(오체투지는 더할 나위도 없지만)는 '오만한 수직적 인간'이 '반성하는 수평적 인간'으로 돌아가는 고행입니다. 스스로 '본래 자리'를 되찾는 기도 수행입니다.

2003년 삼보일배는 새만금 해창갯벌에서 첫걸음을 뗐습니다. 그해 3월 28일 4대 종단, 즉 불교, 천주교, 원불교, 기독교 성직자인 수경 스님, 문규현 신부님, 김경일 교무님, 이희운 목사님이 '온 세상의 생명-평화를 염원하며' 순례를 시작했습니다. 네 성직자와 (구간별로 참가한) 시민들이 서울 광화문까지 65일 동안 322킬로미터를 세 걸음 걷고 한 번 절하며 이동했습니다. 인간의 과도한 욕망에 희생되는 새만금 갯벌을 살리고 무고한 생명이 희생당하는 이라크 전쟁에 반대하는 삼보일배는 기도이자 순례였습니다. 비폭력 저항이자 '묵언'의 대안 제시였습니다.

그렇습니다. 삼보일배의 의미는 깊고 컸습니다. 당장에는 새만금 간척 사업과 이라크 전쟁을 중단하라는 요구였지만 그 바탕에는 산업 문명의 폭력성에 대한 성찰과 비판이 자리 잡고 있습니다. 개발 만능주의, 성장 제일주의는 자연을 착취할 뿐만 아니라 인간의 내면까지 황폐화합니다. 생산력 증대를 최우선하는 자본주의 경제 논리 속에서, 그리고 무한 경쟁과 승자 독식 체제를 좌시하는 현실 정치, 다시 말해 권력 쟁탈에 혈안이 된 미성숙한 민주주의 아래에서 온전한 삶을 영위하기란 거의 불가능합니다. 삼보일배는 '힘의 논리', '돈의 논리'가 드리우는 거대한 그늘에서 벗어나지 않는다면 우리에게 미래는 없다고 경고한 것입니다. 우리가 깨어나 뜻을 모은다면 지금과 다른 삶, 어제오늘과 다른 세상은 얼마든지 가능하다는 희망을 제시한 것입니다.

순례는 지켜보는 사람들은 상상조차 하기 힘든 고난의 연속이었지만 결코 외롭지 않았습니다. 연도에서 지켜보던 시민들은 눈물을 흘렸습니다. 수건을 들고 와 땀을 닦아 주는가 하면, 음료수를 건네고 성금을 내기도 했습니다. 차가 밀려 간혹 짜증을 내는 운전자가 있었지만 행렬을 응원하는 운전자가 더 많았습니다. 많은 이가 삼보일배가 진행되는 '느린 길'을 찾았습니다. 뉴스를 보고 달려온 학생들, 아버지의 손을 붙잡고 동참한 중학생, 평범한 가정주부, 시민 단체 활동가, 노동자, 연예인, 작가, 학자, 외국인 등 실로 다양했습니다. 환경부, 농림부, 문화관광부, 해양수산부 등 관련 부처 장관과 경기도지사 등이 잇달아 순례 현장을 방문했습니다. 하지만 네 성직자는 '묵언수행' 중이어서 그들과 대화를 나누지 않았습니다(설령 길게 대화를 나눴다고 해도 새만금 사업은 중단되지 않았을 것입니다).

2003년 5월 21일 서울이 지척인 남태령 오르막에서 급기야 수경 스님이 의식을 잃고 맙니다. 스님은 곧바로 응급실로 옮겨져 치료를 받았지만 이튿날 스님은 의료진의 만류에도 불구하고 순례에 다시 참여합니다. 휠체어에 앉아 다섯 바퀴마다 반배를 올리며 서울로 입성했습니다. 행렬은 국회의사당을 한 바퀴 돌고 난 뒤 5월 31일 서울시청 앞 광장에서 기도회 및 시민대회를 끝으로 65일간의 대장정을 마무리했습니다.

수경 스님은 한 언론과의 인터뷰에서 이렇게 말했습니다. "삼보일배는 단순히 새만금 간척 사업을 반대하려고 한 것이 아니라 오늘날의 환경위기를 초래한 물질 위주의 삶, 개발과 성장 위주의 정책을 우리 모두 돌아보자는 뜻에서 시작한 것입니다. (…) 우리의 삶이 근본적으로 달라져야 한다고 생각하게 됐습니다. 그렇지 않으면 설사 새만금을 중단하고 그 돈을 다른 개발 사업으로 돌려도 다시 제2, 제3의 새만금이 나오게 마련입니다."

근본적 전환이 이뤄지지 않는다면 도처에 새만금이 생겨날 것이란 스님의 지적은 그대로 들어맞았습니다. 새만금 사업은 결국 멈추지 않았습니다. 2024년 현재 매립지는 폐허처럼 버려져 있습니다. 2023년에는 세계잼버리대회를 졸속으로 준비했다가 세계적으로 망신을 당하고 말았습니다. 정부는 지금 그곳에 대규모 신공항을 짓겠다는 계획을 세우고 있습니다. 4대강 개발, 경인운하, 가덕도 신공항을 비롯해 전국 각지에서 '새만금 사업'이 기승을 부립니다. 개발과 성장의 망령이 여전합니다.

문규현 신부님은 다음과 같이 소회를 밝혔습니다. "막막하게 시작했던 삼보일배 여정을 은총과 기쁨으로 채우고 단순함과 충만함 속에 마칠 수 있었습니다. 눈앞의 결과로만 따지자면 허망하기 그지 없는 일. 하지만 보이지 않게 또 길게 보면 우리는 어쩌면 얻을 것을 다 얻었습니다. 이 모든 것이 생명과 평화를 향한 자신의 사랑을 표현하기로 작정한 여러분 덕입니다."

그렇습니다. '이겨서 지는 싸움'이 있는가 하면 '져서 이기는 싸움'이 있습니다. 전자가 자본과 권력의 근시안적 욕망의 표출이라면, 후자는 멀리 내다보는 시민들의 비폭력 불복종 운동입니다. 이때 시민은 누구일까요. 다름 아닌 생명과 평화를 위해 '자신의 사랑을 표현'하는 시민, 곧 주권자 시민입니다. 성찰하고 표현하는 깨어난 시민이 '모두의 미래'를 열어 나가는 주체입니다.

3.

2008년 오체투지는 2003년 새만금에서 서울까지 이어진 삼보일배의 심화이자 확대입니다. 그사이 사태가 개선되기는커녕 악화되었기 때문입니다. 다들 기억하시겠지만, 2008년 당시 정국은 암담했습니다. 광우병 사태로 인해 시민들이 건강권을 요구하며 촛불을 들었지만 이명박 정권은 국민의 당연한 권리를 존중하지 않았습니다.

개발과 성장 제일주의의 횡포는 더욱 거세졌습니다. 사회적 약자의 생존권이 바닥을 치는 가운데 빈익빈 부익부를 가속화하는 민영화가 일방적으로 추진되었고, 한반도 대운하 사업이 반대에 부딪치자 4대강 개발로 둔갑시켜 강행하는가 하면, 서울 용산에서는 철거민이 공권력에 의해 목숨을 잃었습니다. 남북 관계는 다시 냉전 상태로 돌입했고 설상가상으로 미국발 금융 위기가 닥쳤습니다. 최병성 목사가 지적했듯이 "경제는 10년 전으로, 정치는 20년 전으로, 이념은 30년 전으로 후퇴"한 상황이었습니다. 그럼에도 대다수 국민은 '돈의 논리'에 포획되어 있었습니다. "부자 되세요"라는 광고 카피가 무슨 인사말처럼 오가던 시기였습니다.

다시 멈춰 서서 삶과 세상의 안팎을 깊이 살펴야 하는 위기 국면이었습니다. 2008년 9월~11월, 그리고 이듬해 3월~6월 문규현 신부님과 수경 스님이 또 한 번 손을 잡았습니다. 이번에는 천주교정의구현전국사제단 대표를 맡았던 전종훈 신부님이 가세했습니다. 지리산 노고단에서 출발해 계룡산을 거쳐 임진각 망배단(원래 계획은 북녘 묘향산까지)에 이르는 한반도 남녘 종단 오체투지가 진행된 것입니다. '사람의 길, 생명의 길, 평화의 길'을 기치로 내걸고 124일 동안 날마다 천 배를 올리며 총 355킬로미터를 완주했습니다.

성직자들이 순례를 시작할 때 한 신문은 사설을 통해 이렇게 밝혔습니다. "우리 사회의 위기는 경제난에서 비롯된 것만은 아닙니다. 오히려 사랑과 자비, 신뢰와 존중 등 인간적 가치의 파괴에서 더 큰 위기가 닥칩니다. 정부는 생명보다 돈을 중시하고 (…) 코흘리개 아이들마저 무한 경쟁의 정글로 밀어넣었습니다. 물신의 폭력이 날로 위세를 떨치는 가운데 사람과 생명, 평화를 찾아 떠나는 것이기에 신이 보시기에도 아름다울 것입니다." 신뿐 아니라 인간들이 보기에도 오체투지는 아름다웠습니다. 아니, 아름다움을 넘어 엄숙하고 경건했습니다. 비장하고 거룩했습니다.

오체투지는 세상에서 가장 낮은 자세로 임하는 기도이자 순례입니다. 두 발로 서고 두 손을 자유롭게 움직이면서 인간은 '만물의 영장'으로 올라섰다고 자부했지만 그것은 큰 오해이자 무지였습니다. 인류는 물질적 풍요와 편리를 위해 자기 생명의 원천인 천지자연을 지배하는 폭군으로 변해 버렸습니다. 앞에서도 언급했지만 인류는 하늘과 땅과 멀어지면서 거만해졌습니다. 자기 안의 영성을 일깨우지 않은 탓에 스스로 반성하고 타자와 공감하는 능력이 현저하게 낮아졌습니다.

도종환 시인은 한 에세이에서 오체투지에 남다른 의미를 부여합니다. 그 일부를 발췌합니다. "대지에 절한다는 것은 대지를 높이고 나를 낮추는 것입니다. 대지에 절한다는 것은 천지만물을 향해 참회한다는 것입니다. 대지에 절한다는 것은 땅과 하늘에 기원하는 것입니다." 그리고 다음과 같이 덧붙입니다. "정작 절해야 할 사람들이 절하지 않으므로 스님과 신부님들이 대신 절합니다. 매 맞아야 할 사람들이 회초리를 피하고 있으므로 대신 매를 맞습니다."

그렇습니다. 순례의 맨 앞에 선 성직자뿐 아니라 자발적으로 오체투지에 참여한 많은 시민이 스스로 자신을 낮추고 대자연을 높였습니다. 천지자연에 대해 저지른 죄를 뉘우치고 거듭나겠다고 각오를 다졌습니다. 김인국 신부는 "힘 있고 돈 있는 사람은 기도하지 않는다"라고 지적했습니다. 우리가 잘 알듯이 가진 자들은 더 가지려고 할지언정 나누려 하지 않습니다. 못 가진 자들을 인간 이하로 취급합니다. 분명히 '있는'데도 '없는 존재'로 여깁니다. 다른 생명들에 대해서도 마찬가지입니다. 모든 것이 땅에서 온다는 엄연한 진리를 인정하려 들지 않습니다.

2008년 9월 4일 지리산 노고단에서 출발한 1차 오체투지는 53일째인 10월 26일 계룡산 신원사에서 일단락됐습니다. 1킬로미터를 가는 데 두 시간 넘게 걸리는, 세상에서 가장 느린 길. 하루에 4킬로미터 이상을 갈 수 없는 극한의 고행. 삼보일배와는 비교가 안 되는 고통이었습니다. 순례단 일지에는 이런 기록이 남아 있습니다. "어느 날은 새벽에 밥하러 나왔는데 차(숙소) 안에서 '내 다리 잘라 줘', '내 팔 잘라 줘' 하면서 앓는 소리가 들리는 거예요. (성직자들이) 너무 아프니까 자면서 비명 소리를 내는 거예요. 눈물이 벌컥 솟았어요." 전종훈 신부님은 순례 전 수술한 오른팔에 통증이 여전했고, 수경 스님은 무릎 연골이 다 닳았으며, 문규현 신부님 또한 극도로 쇠약한 상태였습니다.

문규현 신부님은 "오로지 '한 번의 절'에만 집중해야 합니다. 얼마를 갔는지, 얼마를 더 가야 하는지는 중요하지 않습니다. 그거 생각하면 기막히고 아득합니다. 겁나서 못 갑니다"라고 말했습니다. 그러면서도 아스팔트 위에서 희열을 느끼곤 했습니다. "내가 흙이요 땅이고, 벌레요 풀이고, 또 그것들이 내가 돼 버리는 순간, 지구 중심 저 어딘가로 쑥 흡수되는 것 같기도 한 순간, 자연 그 모든 것 앞에 '다 내맡기오' 하고 항복하는 순간에 때로 희열을 느끼게도 됩니다."

삼보일배 때와 다름없이 이번에도 학생, 교사, 종교인, 시민운동가,

지역 주민, 학자, 행인 등 많은 시민이 순례 행렬에 동참하거나 응원을 아끼지 않았습니다. 순례단 지원팀에는 한국에서 고국 미얀마의 민주화를 위해 활동하는 마웅저 씨가 참여해 교통 통제를 맡기도 했습니다. 자발적으로 참여한 시민들은 성직자와 달리 세 걸음 걷고 반배를 올리면서 각자 성찰하는 시간을 가졌습니다. 아버지와 함께 대열에 참여한 한 중학생은 "학교에서는 생각해 보지 못한 질문을 하게 됐습니다. '나는 누구인가, 내가 왜 걷는가'라고 묻게 되었습니다" 하고 말했습니다.

서울에서 달려온 한 참가자는 오체투지의 근본 취지를 다음과 같이 풀어 냈습니다. "스스로 부끄럽지 않은 것이 사람의 길이고, 자신과 남의 생명을 소중히 여기는 것이 생명의 길이요, 누구나 평등한 삶이 평화의 길입니다." 길 위에서 잠시 쉬는 시간이나, 하루 십 리 길 순례를 마치면 참가자들이 특정 주제를 놓고 이야기를 나누곤 했습니다. 예컨대 '나의 희망'에 관해 이런 답들이 나왔습니다. "안전하고 평화롭고 행복하게 사는 것", "먼저 나부터 변화하고 세상이 변화하기를", "느림을 배우기를", "모든 사람이 희망을 가질 수 있기를…."

학자에게 오체투지는 무엇이었을까요. 이주향 교수(수원대)에게 그것은 "모든 것을 내려놓고 본질적인 것을 향해 시선을 안으로 거두는 시간"이었습니다. 이 교수는 온몸을 땅에 던지며 기도하면 인간, 호흡, 바람, 생명이 하나가 된다며 이렇게 말합니다. "그 호흡 속에서 우리가 혹했던 (장사치의) 숫자가 날아가고 지식이 날아갑니다. 집착이 녹고 권위가 녹습니다. 모든 것이 하나가 됩니다. 강물은 몸 밖의 피이고, 산은 몸 밖의 폐입니다. 우리는 모두 한 몸이어서 네가 아프면 내가 아픕니다."

이현주 목사는 한 신문에 실은 글에서, 세 성직자가 전하는 메시지는 "온갖 경제 지표들의 공감에 속지 말고, 이제라도 늦지 않았으니 하늘로 땅으로 귀의하라는 것입니다"라며 하늘과 땅에 깃든 크낙한 뜻을 전합니다. "하늘은 누군가요? 자신은 어디에도 없으면서 모든 것을 있게 하는 가없는 허공입니다. 땅은 누구인가요? 가장 낮은 곳에 처해 저에게로 오는 모든 것을 취사선택 없이 받아 주는 바탕입니다. (…) 하늘과 땅을 닮아 가는 바로 거기에 참 생명이 숨 쉬고 참 평화가 피어납니다."

오체투지는 124일째 되던 2009년 6월 6일, 임진각 망배단에서 1,000여 명의 순례단과 함께 마무리되었습니다. 북한에서는 초청장을 보내 왔지만 통일부는 방북을 허가하지 않았습니다. 순례단의 '일일 소식'은 휴전선 앞에서 발길을 돌리며 다음과 같은 소감을 전합니다. "사람의 길, 생명의 길, 평화의 길을 찾아가는 순례길을 만든 주인공은 하루 일상을 살아가며 우리 사회의 희망을 찾고자 하는 수많은 국민이었습니다"라고 밝혔습니다. 이어 "공존과 상생의 이치를 포기한 세상에서도 순간순간 경이로운 모습을 보여 준 시민들과 자연은 그 자체로 순례단의 스승"이었다며 온몸을 땅에 던지며 지나온 천 리 길의 의미를 되새겼습니다.

4.

성직자와 시민들이 함께한 삼보일배-오체투지는 이후 시민 사회로 번져 나갔습니다. 가장 느린 속도로, 가장 낮은 자세로, 침묵(묵언)으로 자신의 의사를 표현하는 삼보일배와 오체투지는 더는 불가佛家 고유의 수행법이 아니었습니다. 갖가지 불합리와 모순에 항거하는 시민들의 '새로운 표현 방식'으로 자리 잡았습니다. 노동자는 물론 전문직 종사자도 삼보일배와 오체투지를 통해 자신의 의사를 밝혔습니다. 시위 방식이 크게 바뀐 것입니다.

불법과 불의를 참지 못해 거리로 나서는 시민의 직접 행동은 정당한 권리 행사입니다. 그간의 시위는 폭력적이거나 자극적일 수밖에 없었습니다. 권력과 자본의 횡포가 그만큼 완악했기 때문입니다. 화염병을 들어야 했고, 높은 곳으로 올라가야 했습니다. 단식을 하거나 삭발을 해야 했습니다. 시위대의 규모를 늘려야 했고 더 크게 외쳐야 했습니다. 하지만 삼보일배 이후, 시민 사회의 생각이 달라졌습니다. 비폭력 불복종을 다시 보게 된 것입니다.

비폭력은 무기력이 아닙니다. 비폭력은 '폭력이 아닌 힘'입니다. 정당한 분노이고 뜨거운 눈물입니다. 기도입니다. 불복종은 '불의에 대한 불복종'입니다. 시민의 권리 주장이고 변화에 대한 의지입니다. '진실에 대한 복종'이 불복종입니다. 그래서 불복종은 희망입니다. 루소는 '스스로 법을 만들고 그 법을 준수하는 자가 자유인'이라고 정의한 바 있습니다. 그렇습니다. 삼보일배에 내포된 비폭력 불복종 정신은 정의롭지 못한 법과 제도, 정책, 관행을 바로잡고 더 나은 세상을 추구하는 자유인, 즉 주권자 시민의 창의적 직접 행동입니다.

삼보일배가 주권자 시민의 탄생에 기여한 것만은 아닙니다. 긴 설명이 필요 없지만 '종교 간 화해와 실천'의 모범을 보인 것입니다. 종교 간

벽은 이념이나 지역, 빈부, 세대 간 벽 못지 않게 완강합니다. 심지어 가톨릭을 이단시하는 일부 기독교인들이 있을 정도입니다. 삼보일배는 종교 간 벽 허물기를 넘어 이 시대 종교의 사회적 역할을 제시한 좋은 사례이기도 합니다. 온몸을 땅에 던지며 참회하는 성직자의 모습은, 자본과 권력의 파행을 바로잡으려 하기는커녕 권위주의와 규모의 경제를 적극 수용하는 일부 거대 교단의 모습과 대비되어 더욱 도드라집니다.

삼보일배 행렬이 경기도 안양을 지날 때, 마중 나온 리영희 교수의 고백을 오래 기억하고 싶습니다. "나는 부처님, 예수님은 믿지만 성직자에게는 불신이 있었습니다. 기대가 없었습니다. 그런데 텔레비전에서 삼보일배하는 모습을 보면서 '아, 그래. 저것이 불교의 자비지, 하느님의 사랑이지, 희망이지' 하면서 울었습니다. 그래서 나왔습니다." 리 교수는 순례자들의 손을 부여잡고 눈물을 흘렸습니다. 그리고 걷는 것조차 힘든 몸이었는데도 지팡이를 짚고 한참을 함께 걸었습니다.

그렇습니다. 우리가 잃어버린, 아니 도둑맞은 영성을 회복하는 일이 절실하고 시급합니다. 종교뿐 아니라 우리 모두에게 필요한 것은 영성 중에서도 '사회적 영성'입니다. 우리 사회에 사회적 영성 개념을 처음 제시한 박명림 교수에 따르면 사회적 영성이란 "우리들 삶의 본원적 가치의 회복을 위해 공동체를 바르게 사랑하는"것이며 사회적 영성의 주체는 '깨어 있는 시민'입니다. 그렇다고 종교가 배제되는 것은 아닙니다(신학자 장경일 교수의 칼럼 〈왜 사회적 영성인가〉에서 재인용).

생태 영성, 탈종교 영성과 멀지 않은 사회적 영성은 종교에게 사회적 책임과 역할을 부여하고, 시민들에게는 더욱 장기적이고 심층적인 관점을 갖도록 합니다. 삼보일배와 오체투지가 증명했듯이, 사회적 영성이 종교를 종교답게, 시민을 시민답게 만드는 원동력입니다. 종교가 먼저 사회적 영성을 구현한다면 정치와 경제는 물론 의료, 교육, 문화 등 인간을 둘러싼 모든 '환경'이 일대 전환을 이룰 것입니다. 사람, 생명, 평화의 길은 그때 활짝 열릴 것입니다.

5.

온 세상의 생명 평화를 위한 사람의 길, 문명의 길은 무엇일까요. 삼보일배─오체투지가 던진 화두는 우리 모두가 해결해야 할 근본 과제입니다. 사람의 길, 생명의 길을 새롭게 열어 나가지 못한다면 우리에게 '온 세상의 평화'는 불가능할 것이기 때문입니다.

앞길을 가로막는 장벽은 분명히 보이는데 벽을 넘어가거나 무너뜨리기가 쉽지 않습니다. 벽에다 문을 내기조차 여간 어렵지 않습니다. 생태─환경 위기의 주범으로 꼽히는 국가(들)와 기업들이 환골탈태할 것이란 기대는 사막이 열대 우림으로 바뀌기를 기다리는 것보다 난망한 일일 것입니다. 역사가 증명하듯이, 권력과 자본은 스스로 반성하지 않습니다. 언제나 그랬듯이 시민이 나서야 합니다. 시민 각자의 각성과 사회 전반의 실천이 상승 작용을 일으켜야 합니다. '성찰'하는 시민들이 자기 의사를 '표현'해야 합니다. 성찰이 관찰에서 통찰로 이어지는 지적─영적 깨어남이라면, 표현은 성찰의 과정과 결과를 사회적으로 공유하는 실천하는 집단 지성입니다.

김은실 교수는 《불교환경》에 기고한 글에서 "오체투지 순례는 새로운 사회를 욕망하는 윤리적 감수성을 지닌 새로운 윤리적 주체가 만들어지는 중요한 장場"이라며 '몸 수행'의 의미를 높이 평가했습니다. 종교적 수행이 일반 시민으로 하여금 "정치성과 급진성"을 갖도록 한다는 것입니다. 땅에 엎드려 하늘과 땅, 사람과 생명의 의미를 재발견하는 시민의 몸은 이미 "기존 사회에 대한 저항이며 대안이고, 다른 가능성"이라는 것입니다.

'정치성과 급진성'은 다르면서도 같은 말입니다. 기왕의 정치 개념으로는 급진적이고 근본적인 변화를 도모할 수 없습니다. 국가와 국민의 틀에 갇힌 현실 정치로는 미래를 준비할 수 없습니다. 사회적 약자와 이주민은 물론 동식물을 포함한 비인간 존재가 배제되기 때문입니다. 남미와 유럽 일부 국가에서는 벌써부터 '동물권'을 헌법에 포함시켰습니다. 뉴질랜드 같은 경우, 한 걸음 더 나아가 강江에 법인격을 부여했습니다.

민주주의는 여전히 미성숙 단계입니다. 대의제와 양당제가 민주주의의 핵심이라고 이해하는 한 주권자 시민의 존엄을 기대하기 어렵습니다. 선거와 다수결, 주권 위임으로 대표되는 민주정은 사실 과두정과 다르지 않습니다. 정치가 소수 엘리트의 기득권을 지키기 위한 권모술수로 전락한 것입니다. 이들에게 10년, 20년 뒤의 미래는 안중에도 없습니다. 호세 무히카 전 우루과이 대통령은 "지금 우리 인류가 직면한 진짜 위기는 환경 위기가 아니라 정치의 위기"라고 간파한 적이 있습니다. 그렇습니다. 환경을 포함한 모든 위기의 출발점이자 귀착점이 정치입니다. 정치를 빙

자한 정치 같지 않은 정치.

　결국 자본과 권력의 강고한 장벽에 균열을 내는 것은 시민의 각성과 연대 말고는 없어 보입니다. 민주주의를 바로 세우는 일이 사람의 길, 생명의 길, 평화의 길을 열어 나가는 가장 빠른 지름길입니다. 그러기 위해 끊임없이 성찰하고 표현해야 합니다. 이것이 삼보일배와 오체투지가 지금 우리에게 던지는 메시지가 아닐까 생각합니다.

　시간이 없습니다. 평화로 가는 길이 갈수록 좁아지고 있습니다. 기후 재앙과 6차 대멸종, 4차 산업 시대가 뒤엉키며 미래에 대한 불확실성을 가중시키고 있습니다. 인류가 '전시 상태'에 돌입했으니 전시 체제로 전환해 대응해야 한다는 제안이 과장된 소리로 들리지 않습니다. 시대와 문명이 기로에 서 있습니다. 개개인의 삶도 마찬가지입니다. 이대로 가다가 공멸할 것인가, 아니면 온 세상 평화를 위해 '전환의 주체'로 거듭날 것인가.

　길은 문이기도 하지만 때로 벽으로 돌변합니다. 벽이 앞을 가로막을 때, 그때 문을 내야 합니다. 질문을 부여안고 기도할 때입니다. 참회 기도만큼 강렬한 희망은 없습니다. 함께하는 기도가 문을 냅니다. 아니 함께하는 기도 자체가 문이고 길일지 모릅니다.

　신학자 라인홀드 니버의 기도문을 옮기며 두서없는 글을 맺고자 합니다. 삼보일배와 오체투지 정신을 되살리는 또 하나의 계기가 되었으면 합니다.

하느님, 우리에게 바꿀 수 없는 것을 받아들일 수 있는 평온을 주소서.

우리가 바꿔야 할 것을 바꿀 수 있는 용기를 주소서.

무엇보다 저 둘을 구별할 수 있는 지혜를 우리에게 주소서.

시인, 경희대 후마니타스칼리지 교수

이문재

_인용·출전
_삼보일배 순례단 진행팀
_2003 삼보일배 참여자 명단

인용·출전

새만금 간척 사업은?

026 : 수경 스님 〈새만금 둘러싼 '전쟁'이 나는 두렵습니다〉 중. 《프레시안》 2006년 3
　　　 월 17일 / 이태수 농학박사 〈새만금 갯벌은 살려야 한다〉 중. 《불교신문》 2003
　　　 년 4월 26일

갯벌은 은혜로운 땅입니다

036 : 천주교여성생태모임 레헴 〈새만금 갯벌 여성 어민들의 호소를…〉 중. 2001년 3월
　　　 6일
040 : 이순덕 부안군 어민. 새만금갯벌생명평화연대 주최 〈화해와 상생을 위한 2005
　　　 새만금 대화마당〉 중. 2005년 11월 18일
041 : 김종락 기자 〈苦行으로 갯벌 살릴 수만 있다면…〉 중. 《문화일보》 2003년 3월 31일
042 : 문규현 신부 〈삼보일배의 길을 떠나며〉 중. 2003년 3월 28일
056 : 최성각 소설가·풀꽃평화연구소 소장 〈'3보1배'는 고단위 평화 운동〉 중. 《동아
　　　 일보》 2003년 6월 6일
058 : 이강옥 영남대 교수 〈새만금 방조제 공사를 반대한다〉 중. 《영남일보》 2003년 4
　　　 월 7일
060~062 : 송두영 기자 〈수경 스님과 이주향 교수 대담 : 英청소년단체 초청받아 오
　　　 늘 출국 수경 스님〉 중. 《한국일보》 2004년 1월 27일
066 : 이희운 목사 〈새만금 갯벌을 살리는 삼보일배(도)를 시작하면서〉 중. 2003년 3

283

월 28일

순례, 그 후…

237 : 최성각 소설가·풀꽃평화연구소장 〈새만금의 죽음〉 중.《서울신문》 2003년 6월
16일

243~245 : 송두영 기자 〈수경 스님과 이주향 수원대 교수 대담〉 중.《한국일보》 2004
년 1월 27일

246 : 문규현 신부 〈새만금 삼보일배 3주년, 새만금 갯벌의 부활을 기다리며〉 중

248 : 서재영 동국대 불교문화연구원 연구교수 〈자연과 생명에 대한 호소 기각〉 중.
《불교신문》 2006년 3월 25일

252 : 김준 광주전남연구원 책임 연구원 〈백합, 그날 이후… 조개들의 천국은 지옥이
되었다〉 중.《영남일보》 2021년 10월 1일

∗ 본문의 여러 글 중 【인용·출전】을 밝히지 않은 부분은 당시 진행팀의 수고롭고 고마운 기록
등을 참조했음을 밝힙니다. 당시 진행팀은 새벽까지 당일 순례 관련 기록을 촘촘히 정리해
사회에 알려 주었습니다.

∗ 더불어 당시 순례에 참여했던 여러분이 20여 년 동안 소중한 기록을 보관해 왔고, 이 책의 정
리를 위해 모든 자료를 내주셨습니다. 그 세세한 기록과 자료 보관과 제공으로 이 책이 나올
수 있었습니다. 고맙습니다.

∗ 삼보일배·오체투지 운동의 첫 시작을 대중적으로 기록하고 알리고자 (사)세상과함께에서는
그간 자료 수집과 인터뷰 등을 진행해 왔습니다. 모든 공적 자료는 (사)세상과함께 누리집에
사이버자료관 등을 구축해 누구나 공유하도록 할 계획입니다.

∗ 출전의 저자명과 직함 등은 기록산문집의 취지에 충실하고자 당시 기록된 원문 그대로 살렸
습니다.

∗ 혹여 미처 기록자를 알지 못해 빠뜨린 출전은 보완해 재판에 싣겠습니다. 당사자거나 당사자
를 아는 분은 (사)세상과함께 또는 출판사로 연락해 주시면 감사하겠습니다.

* 삼보일배 대표 순례자 : 김경일 교무(새만금생명살리는원불교사람들 대표), 문규현 신부 (천주교정의구현 사제단), 수경 스님(불교환경연대 상임 대표), 이희운 목사(기독생명연대 공동 대표)

* 진행팀 : 고철호 김욱철 마용운 박인영 송정희 신권 신요한 신희지 안준환 윤정순 이영옥 이원규 이원균 이정준 장지영 정마리아 조태분 청묵 스님 최용근 홍숙경 황형원 등 (전북 지역 삼보일배 순례 진행팀) 고은식 고철호 김용철 김종대 신형록 오두희 오종환 유창렬 윤철수 이광재 이상환 이화정 주용기 등

* 그 외 많은 분이 자원봉사자로 기꺼이 참여해 주었습니다.

2003 삼보일배 참여자 명단

각산스님(승가대학연합의장) 강귀성 강동구 우신소방 강동송파환경운동연합회원 강명구 강분석(충주) 강성구(국회의원) 강숙원교무 강윤석(대전평화방송사장) 강철영(군산환경운동연합준비위원장) 강태형(도서출판문학동네사장) 강현미(군산환경운동연합간사) 강형신교무(군산임피교당) 개혁국민정당당원(안양) 개혁당회원 경기78X1694승합차운전자 경기지역환경운동연합사무국처장 경제정의실천불교시민연합 계화도주민들 고광성(민주당홍성지구당위원장) 고원일신부(부산교구) 고주심교무(서울영등포교당) 고철호 고철환 고흥석 공정욱(대구환경운동연합차장) 공주녹색연합대표와활동가·회원10명 광천젓갈가게 구자상사무처장과실무자들(부산환경운동연합) 구희숙(서울환경운동연합공동의장) 군산기아특수강노동자 권순호신부(익산팔봉성당) 권순효 권영길(민주노동당대표) 권이복신부 권태홍(개혁국민정당군산추진위원장) 기독교사회선교연대회의 기독교환경연대 기독생명연대간사 기독청년의료인회 길복종(대전환경운동연합간사) 김건태(수원가톨릭대총장) 김경희(대전환경운동연합의장) 김교동(실상사농장과귀농학교) 김근자수녀(가톨릭노동사목전국협의회) 김기룡신부(홍성성당) 김기식(참여연대사무처장) 김기자외3명 김대경목사(아산갈매교회) 김대원(전국불교산악인연합회사무총장) 김덕균(원불교중앙교구청운회회장) 김델라넷다수녀 김도승교무(금구교당) 김도천교무(전주청소년자유센터소장) 김동민(조선일보반대상임대표) 김동현 김라파엘 김루갈다수녀(서산석림성당) 김민희목사(월간풍경소리발행인) 김병빈사무국장과회원들·가족(당진환경운동연합) 김병용(원광대행동연대) 김병희신부와신자들(마동성당) 김부겸교무(부산시립금곡청소년수련관장) 김삼태(한의사) 김상희(여성민우회상임대표) 김석봉(경남환경운동연합사무처장) 김석은(시민방송RTV사장) 김석호(한의사) 김선실회장과회원(천주교여성공동체) 김선형(대한불교어린이지도자연합회대전충남지구사무국장) 김성숙(시민행동21) 김성호(고양환경운동연합의장) 김성효 김숙원교무(원광대도서관)

김승중(푸른온고을21위원) 김승환(전북대법대교수) 김승훈신부 김승희 김신(기독생명연대사무국장) 김신동(당진환경운동연합) 김신환공동의장과집행위원들(서산태안환경운동연합) 김아네스수녀(딸마수녀회) 김연진 김연희교무(원불교홍성교당) 김영근(전농전북도연맹전의장) 김영락목사(기독교환경연대대표) 김영석(효자교당교도회장) 김영수신부(천주교전주교구정의평화위원회사목국장) 김영옥(전북평화와인권연대) 김영주 김영진(농림부장관) 김용분(대전환경운동연합집행위원장) 김용태 김용호 김용환(미군기지우리땅되찾기평택시민모임위원장) 김원웅(국회의원) 김윤성(환경운동연합그린시티21팀) 김은숙(민주노총익산시지부사무차장) 김이동선생님(전교조충북지부청주지회) 김인경교무 김일회신부(인천교구노동사목위원회) 김정숙(평택성폭력상담소소장) 김정순(북하우스사장) 김정욱(민주노총전국금속노동조합연맹쌍용자동차노동조합대외협력부장) 김정욱(서울대환경대학원장) 김정현신부(전주교구청청소년교육부국장) 김제남(녹색연합사무처장) 김제요촌성당 김종남(대전환경운동연합사무처장) 김종대 김종민신부(오룡동성당) 김종일(미군장갑차여중생살인사건범국민대책위원회공동집행위원장) 김종호위원장과회원들(성미산개발저지를위한대책위원회) 김지하(시인) 김지현(천주교인권위원회부위원장) 김진용신부(김제요천성당) 김진원 김철현(대한불교청년회충남지부장) 김택천(푸른약속21사무처장) 김학성(충북환경운동연합대표) 김향미(노래패바람꽃) 김헌경(조계종전국신도회대전지회장) 김현교무(원광대교당) 김현길교무(재단법인아프리카어린이돕는모임아프리카지역개발팀장) 김현승 김현철(원광대총학생회) 김현철신부(꼰벤뚜알프란체스코수도회대구교구) 김형석회장과회원3명(물사랑) 김형식목사(맹산교회) 김혜경부대표와당원100여명(민주노동당) 김혜정(환경운동연합공익환경법률센터사무처장) 김호근(민주노총조직부장) 김호철 김효근신부와수사(꼰벤뚜알프란치스꼬수도회) 김효철교무(원불교중앙총부교정원국제부장) 나승구신부 남영완목사(익산우리교회) 남혁(군산참여자치시민연대의장환경팀장) 남현우(서산태안환경운동연합공동의장) 남호근(녹색연합) 내초도주민25명 노래단솔바람 노회찬(민주노동당사무총장) 녹색연합회원 도보순례중인학생(담양한빛고) 대각사신도 대구사회복지회신부와수녀 지평선중학생과선생님80여명 대전·충남지역환경운동연합사무국 대전·서산태안·당진·천안아산·서천환경운동연합회원들 대천대승사스님 대천성남수녀 대천에사는천주교신자 대천충청녹색연합회원 대한불교조계종원우회회원들 대한성공회 도정일(민족문학작가회) 리수현신부와신도들(전주송천동성당) 마르첼리나수녀(서울문정동성당) 마리비안네타수녀 마리아의전교자프란치스코수도회 명계남 명성여중2학년9반선생님과학생25명 명진스님(전조계종총회부의장) 문건영 문국주(천주교인권위원회감사) 문성기위원장과간사(익산환경운동연합추진위) 문소리(배우) 문양로목사 문영만목사(영천교회) 문영호 문정숙(군산생협대표) 문정현신부 문현정 미산스님(대한불교조계종총무원) 민교협 민명수(대전환경운동연합고문) 민주노동당아산지구당 권영구(민주노동당익산지구당사무국장) 민주노총공공연맹 천안중앙자동차학원노조 밀라노베이커리 박경조(녹색연합공동대표) 박고르넬리아수녀(공덕동성당) 박그림(설악녹색연합대표) 박기호신부(예수살이공동체) 박남준(시인) 박달식(원불교신문사사장) 박동진신부 박명제교무(원불교영광교구장) 박병상대표와부인(풀꽃세상) 박선경(우이령보존회차장) 박영봉신부(대전가톨릭신학교) 박영선(참여연대사무처장) 박용수(익산노사모) 박은옥(가수) 박재묵의장과활동가(대전환경운동연합) 박재순 박정연소장외5명(천주교마산교구해바라기쉼자리) 박창균신부(마산교구) 박태민(통영환경운동연합사무차장) 박태현(환경운동연합공익환경법률센터부소장) 박평수(고양환경운동연합집행위원장) 박항주(환경운동연합그린시티21팀) 박현철(함께사는길) 박혜훈교무 박희영목사(수원고등교회) 방경석신부(아산둔포성당) 방길튼교무(원불교중앙총부) 방상복신부와신도(작은안나의집'유무상통마을') 방은진(배우) 백낙청(시민방송이사장) 백남석(인드라망생명공동체집행위원) 백남해신부 백도웅(한국기독교교회협의회KNCC총무) 백운학(민주화운동기념사업회총무부장) 백창기(대한불교조계종중앙신도회회장) 밴드'임시방편'(평화바람) 범능스님(대진정사) 법공스님(대전범호사) 법능스님 법장스님(조계종총무원장) 법현스님 보선스님(조계종중앙종회부의장) 부안내소사 부안·정읍·고창·익산·군산농민회장 부안성당수녀와 신도·학생50여명 부여법륜사스님 불교단체맑고향기롭게회원 불교신문기자 불교환경연대회원 비구니스님들(강원도홍성) 사찰생태연구소 사회교리연구회학생(대전가톨릭신학교) 초등학교4학년상빈이와엄마·누나 상일스님(봉녕사) 생명과영성목회실천회목사 생태보전시민모임실무자와회원 서상진(지동성당) 서선희(환경을지키는여성회사무국장) 서울대교수10여명 서울대환경동아리씨알학생들 서울대학생들60여명 서울환경운동연합 서윤석 서주원(환경운동연합사무총장) 서천사랑시민모임 서현숙 석일웅수사(작은형제회) 석정호스님과신도100명(용인대각사) 석혜진(천주교마산교구해바라기쉼자리) 선재스님 성심유치원아이들과수녀 성원규(영산성지고행정실장) 세영스님과동자승·신도들(여주신륵사) 소공원관리아주머니 손영배(청주환경운동연합대표) 손은하목사(새만금생명교회담임목사) 손혁재(참여연대운영위원장) 송경민(대구환경운동연합간사) 송기도(전북민주언론운동시민연합대표) 송엘리자벳수녀 송용원교무(군산나운교당) 송원효교무와임원(경남함양시민연대) 송창현신부와신자(병점성당) 송탄성당송학선의장과실무자·가족(과천환경운동연합) 수안스님 수암스님(수덕사) 수원대액션회원 수지행(한생명) 송경태(장애인권운동가)와안내견'찬미' 신근아(천주교모임) 신민찬(원광대총학생회) 신석준(사회당대표) 신성국신부 신승원목사 신언배(군산환경운동연합준비위) 신언석(천안아산환경운동연합상임의장) 신영식(화백) 신유준 신태근 신학대학원생 신형록(부안사람들전대표) 실상사작은학교선생님 심해련목사(사랑샘터) 아산YMCA와아산시민모임실무자 아씨시의프란치스코전교수녀회수녀들 안덕상 안병옥 안상님목사(여성교회) 안승길신부(원주문막성당) 안자은교무와교무들(전북익산황등교당) 안철호(녹색평화당전북지부지부장) 안학수(작가) 안효권(당진환경운동연합사무차장) 안훈(익산원의원) 양골롬바수녀(천주교여자수도회장상연합회사무국장) 양도승(원불교교화훈련부차장) 양진규목사 양해관교무(원광대전주한방병원교당) 얼떨풀(풀꽃세상) 엄성복(녹색평화당전북지부사무국장) 여기애인의집수녀 여길욱(어촌계장) 여영학 여은정(군산노동자의집) 연관스님(실상사화엄학림학장) 염형철(환경운동연합국토생태본부처장) 예장농민목회자협의회 예지원(배우) 오광석(군산대교지편집위원회) 오광선교무(원불교전북교구) 오기주(민주노총익산시지부의장) 오남환신부(아산공세리성당) 오민주(노총위원장) 오산은계성당교우30여명 오산지역노사모 오세원(원광대총학생회) 오영숙수녀(사랑의시튼수녀회) 오윤근 오정행교무(월간원광) 오종환 오창환 오형근교무(익산원의원) 올리베따노성베네딕도수녀회수녀들 용화동성당 우리는선우회원15명 우석훈 우정원(천주교모임) 우희수신부와수녀·교우들(천안원성동성당) 원불교부안문화교당교무 원불교서천교당교무와신도들 원불교전주지역청년신도와황등교당아이들100여명 원불교종법사 원불교와천주교신자70여명 원광대원불교학과대학생8명 원불교종로교당신도 원불교중앙교구사무국장 원불교출가교화단공방이단9명 원택스님(조계종총무원전총무부장) 원행스님(조계종중앙종회사무처장) 원혜스님(봉은사) 유경석(익산참여자치시민연대간사) 유묘원교무(원광모자원원장) 유미호(기독교환경연대실장) 유석조(마곡사신도회수석부회장) 유승기목사(군산돌배게교회) 유요

열(홍성YMCA이사) 유용진(원불교신문사편집국장) 유은옥(수원YWCA회장) 유이규신부(대전목동본당) 유제호 유향원교무(어양교당) 윤기돈(녹색연합) 윤기웅 윤병권신부(대천요나성당) 윤양금(전교조익산시지회장) 윤정아(원광대총학생회) 윤종수목사 윤주옥(국립공원을지키는시민의모임) 윤주흥(당진환경운동연합공동의장) 윤준하(서울환경운동연합공동의장) 윤철수(군산노동자의집) 은계동성당신자 남양우유대리점주(옹천) 의정부회룡사주지스님 이강건신부 이강길 이강실(여성연합공동대표) 이건창(원불교중앙교구청운회부회장) 이계창 이광근신부와신도들(서천성당) 이광영(도시환경위원장) 이광우목사(기독생명연대공동대표) 이광익교무(전북교구) 이광철(개혁국민정당전북지역위원회위원장) 이근복목사(새민족교회·정의평화를위한기독인연대) 이기원(수원여성회대표) 이길풍(운전기사불자회회장) 이남섭교수와학생8명(한일장신대) 이덕우(변호사) 이덕자(한울생협이사장) 이덕희 이도전교무(평택교당) 이동기·이소정부녀 이동수 이동훈신부(천주교환경연대사무처장) 이름모를아주머니 이명재신부(전주교구청청소년교육국장) 이문재(시인) 이미숙총무와회원8명(천주교여성생태모임레헴) 이민영(젊은연대) 이범진(시민환경기술센터연구원) 이병철(녹색연합공동대표) 이병학(전북도의원) 이병훈(전주대법대학장) 이부영(국회의원) 이상균교무(원불교중앙교구사무국장) 이상돈신부 이상민(노동의미래를여는현장연대) 이상영(여성환경연대상임대표) 이상인(노동의미래를여는현장연대) 이상화 이석재(현대자동차판매본부익산분회장) 이선미(원광대총학생회) 이선종교무 이성수기자(불교신문) 이성원외120여명 이성주(건설노동조합익산지부장) 이수금(전국농민회총연맹전의장) 이순원(이리보육원원장) 이승렬(영남대영문과교수) 이승민 이승엽(만도노동조합수석부지회장) 이승은 이시영(불교신문충남지사장) 이시재 이안드레아수녀 이양명교무(원불교중앙교구) 이영기회원(강동송파환경운동연합) 이영희 이오경숙(여성연합상임대표) 이용길(민주노동당충남도지부위원장) 이우갑신부와학생(강원도정선고한성당) 이은숙교무(전농교당) 이원규(시인) 이원호간사(기독교환경운동연대) 이윤배(천안아산환경운동연합의장) 이윤상(민주노동당천안지구당사무국장) 이윤지 이은관교무(원불교원광효도마을) 이은지 이인수(당진환경운동연합집행위원장) 이재병외3명(노사모반전평화팀지원팀) 이재성(원불교전북교구교구장) 이정림 이정선(익산원의원) 이정전 이정찬(안성천살리기시민모임대표) 이정호(인드라망생명공동체사무처장) 이종만 이주승(실상사농장과귀농학교) 이주향(수원대교수) 이준호(재단법인환경사랑사무국장) 이중호 이진윤(한

의사) 이차환(조계종중앙포교사단자연보호실천위원회위원장) 이창복(재단법인환경사랑간사) 이태식(익산노동자의집) 이평주(서산태안환경운동연합사무국장) 이한창진(인천환경운동연합간사) 이항근(전교조전북지부장) 이현옥(무주노인복지관관장) 이현우(가수) 이현정(환경운동연합그린시티21팀) 이혜순(한국CLC생명살리기모임) 이홍원(화가) 이화영 이화정 이홍운 이희운목사가족 이희출(서산YMCA총무) 익산군산지역교무와목사 익산마동교당어린이집어린이들 인권의정치학생연합 인근천주교성당과원불교교당의성직자와교인들(80여명) 인덕원성당신자 인도주의실천의사협의회 인터넷시민도서관 일하는예수회 임길진(환경운동연합공동대표) 임선영(천주교모임) 임성희(익산노동자의집) 임완철목사 임윤수(중앙신도회웹진객원기자) 임인수(아산시민모임대표) 임재은(전북평화와인권연대) 임춘희목사(군산내초도온누리교회) 임혜진 임홍길(가톨릭노동장년회마산교구회장) 임효정(인드라망생명공동체) 임희모목사(한일장신대교수) 임희자(경남환경운동연합정책실장) 자양사회복지관관계자 자연보호평택시협의회회원 자훈이 작은안나의집수녀 장경도교무(교화연구소) 장곡스님과신도들(계룡산갑사) 장길산(익산부송복지관) 장낙인(우석대교수) 장미희(배우) 장선우(영화감독) 장성순이사장과실무자(홍성YMCA) 장순범(평택환경운동연합사무국장) 장여숙교무 장영예(천주교모임) 장유식(협동사무처장) 장은주(마산창원환경운동연합간사) 장재연(환경운동연합부설시민환경연구소소장) 장지영(군산대교지편집위원회) 전교조보령지부선생님들 전남담양한빛고등학교학생 장흥환경운동연합위 전민성(환경운동연합그린시티21팀) 전북대교수노조 전북익산청운회임원 전북평화인권연대 전북환경운동연합전비리깃다수녀 전승수(전남대지구환경과학부교수) 전영철목사 전재경(한국법제연구원·환경단체생명회의) 전종훈신부(서울청량리성당) 인보성체수도회수녀4명(전주) 전주대원불교학생회3명 전주서신동본당교우 전주형(천주교정의구현전주사제단사무국장) 전준형(민중연대회의집행위원장) 정가밀라수녀(군산성모양로원원장) 정강자(여성민우회공동대표) 정견스님(평택신복사) 정길섭신부(평택성공회성당) 정명희(녹색연합간사) 정상덕교무 정상명(도서출판풀꽃평화대표) 정성운(불교환경연대사무처장) 정수스님(석남사) 정식이아버지와고모(성환읍) 정신택 정아가다수녀(대전대흥동성당) 정욱스님과신도들(대천대승사) 정유석(원광대총학생회) 정의구현사제단신부 정의평화를위한기독인연대 정일수(중제마을) 정태춘(가수) 정현중 정형정교무(익산교당) 제일약국 제정구를생각하는모임회원 제종길(한국해

293

양연구소·환경단체'생명회의') 조경만(목포대문화인류학과교수) 조계사·봉은사·염불암·청계사·반야사·영원사·신흥사·도선사신도 조계종중앙포교사단자연보호실천위원회 조계종중앙신도회50여명 조규식신부(아산용화동성당) 조동용(군산참여자치시민연대사무처장) 조성천교무(익산궁동교당) 조승헌 조양용달(홍성읍내) 조용희목사(예장민중교선교연합) 조정행교무(월간원광) 조정현목사(기장생명연대총무) 조찬호목사(산북교회) 조태경 조태동교수와학생19명(강릉대환경조경학과) 조현태 조혜경(전북불교대학) 종림스님 산성리성당 주강현 주부환경지킴이 주식회사코오롱스포츠 주영숙베로니카수녀(서울상봉동성당) 리카르도나바로(지구의벗국제본부의장) 지난가던트럭운전사 지동성당신자 지리산실상사작은학교선생님과학생45명 지리산과낙동강도보순례참가자들 지리산실상사스님 지순희 지율스님(내원사) 지홍스님과동자승12명(서울조계사) 진선미(변호사) 진원스님(부안내소사) 진월스님 진홍스님 집에서일하다삼보일배순례단을보고나와서함께걸어주신아주머니세분 차수철사무국장과실무자(천안아산환경운동연합사무국장) 채희동목사(기독교환경연대집행위원) 채희완(부산대무용학과교수) 천영세(민주노동당) 천유상 천주교광주교구정의평화위원회의12명 천주교여성생태모임레헴회원과아이들 천주교전주교구평신도사도직협의회 청년한의사회 청묵스님 최갑선관장외13명(익산자활후견기관) 최갑성목사(기독생명연대공동대표) 최경아연수생(익산여성의전화) 최대숙(에코생협사무국장) 최미희 최민화(민주당오산화성지구당위원장) 최상순신부(쌍용동성당) 최석용신부(온양온천본당성당) 최성각(풀꽃평화연구소소장) 최연숙디아나수녀(월간생활성서) 최열공동대표와가족(환경운동연합) 최영애 최은주 최은주교무(보령교당) 최은희(천주교모임) 최재봉(한겨레문화부장) 최재희 최정안교무와교도(우아교당) 최진하 춘포초등교사2명 충남7X2060트럭기사 충남70X3848기사 치욕링(말레이시아제3세계네트워크) 평상스님(금산사주지) 평촌오토정비공장 평택느티나무어린이집선생님과부모·아이들 평택의제21 평화실천광주전남불교연대회원 푸름이기자단학생9명과선생님 풀무학교 풍기민속식품 프라싸드목사 프란체스카수녀 하서농민회 하승창(함께하는시민행동사무처장) 하유설신부(메리놀외방전교회) 하정택목사(온고을교회) 하제어촌계청년회 한국그리스도생활공동체(CLC)수녀와회원50명 한국교회여성연합회사회선교위원회 한국기독교교회협의회환경위원회 한국기독교장로회선교사업국 한국기독청년협의회 한국순교복자수녀회수녀 한국언론노조KBS본부9명 한길량교무 한만삼신부(지동성당) 한명숙(환경부장관) 한살림실무자와회원13명 한상렬목사 한신대신학대학전문대학원학생회 한울생협 한제은교무(군산경암교당) 함께하는시민행동 함필주목사(서천월포교회) 함한희 해바라기쉼자리선생님과아이들 행법스님(광주선덕사) 향민(인드라망생명공동체) 허상수 허성관(해양수산부장관) 허연(전주근로자선교상담소) 허정균(농발게홈페이지운영자) 허정봉(운전기사불자회대전부회장) 허철희 현고스님(대한불교조계종총무원기획실장) 현대신학연구회 현응스님(불교환경연대집행위원장) 현주억(민주노동당익산지구당위원장) 혜원사 쑥뜸원 홍근수목사('평화와통일을여는사람들'상임공동대표) 홍기삼(동국대총장) 홍성한광운수택시기사 홍성·당진시민4명 홍성군농민회 홍현숙(도서출판호미사장) 화성용주사총무스님과신도 환경과공해연구회임원과실무자들 환경정의시민연대실무자들 월송스님(예산수덕사환희대) 황남덕목사 황성학교무(원불교전북교구사무국장) 황은영(노동자쉼터장) 황재석(평택외국인노동자센터소장) 황주원교무(원불교영광교구사무국장) 황호섭국장과실무자(환경운동연합) 황명신(영산성지고교장) 효자교당교무와학생3명

* 2003년 당시 기록에 남아 있는 참여자들입니다. 이외 수많은 사람이 함께했지만, 모두를 기록할 수는 없었습니다. 당시 삼보일배는 국내뿐 아니라 세계적으로도 알려져 큰 주목을 받았습니다. 현장에 참여하지 못했지만, 당시 삼보일배를 언론 등을 통해 접하며 후원하거나 응원하며 삼보일배의 정신을 되새기던 모든 분이 참여자였습니다.

길__위의 삼보일배

2024년 9월 10일 초판 1쇄 인쇄
2024년 9월 15일 초판 1쇄 발행

엮은이   (사)세상과함께
기 획   (사)세상과함께
펴낸이   박혜숙
디자인   디자인공장
펴낸곳   도서출판 푸른역사
         우) 03044 서울시 종로구 자하문로8길 13
         전화: 02)720-8921(편집부) 02)720-8920(영업부)
         팩스: 02)720-9887
         전자우편: 2013history@naver.com
         등록: 1997년 2월 14일 제13-483호

ⓒ (사)세상과함께, 2024

ISBN 979-11-5612-283-8 04800
ISBN 979-11-5612-282-1 04800 (세트)

* 잘못 만들어진 책은 교환해드립니다.